여명지검

黎明之劍

시하 新무협 판타지 소설

FANTASTIC ORIENTAL HEROES

여명지검 4

시하 新무협 판타지 소설

초판 1쇄 찍은 날 § 2009년 4월 2일
초판 1쇄 펴낸 날 § 2009년 4월 13일

지은이 § 시하
펴낸이 § 서경석

편집장 § 문혜영
편집 § 정서진 · 서지현

펴낸곳 § 도서출판 청어람
등록번호 § 제1081-1-89호
등록일자 § 1999. 5. 31
어람번호 § 제2-1714호

주소 § 경기도 부천시 원미구 심곡2동 163-2 서경B/D 3F (우) 420-822
전화 § 032-656-4452 팩스 § 032-656-4453
http://www.chungeoram.com
E-mail § eoram99@chollian.net

ⓒ 시하, 2009

ISBN 978-89-251-1756-0 04810
ISBN 978-89-251-1672-3 (세트)

4

여명지검

악심(惡心)

黎明之劍

시하 新무협 판타지 소설

도서출판 청어람

目次

黎明之劍 여명지검

제55장

약당(藥堂)

닭 쫓던 개가 될 수는 없다.

영사는 강변을 따라서 부하들을 움직이게 했다.

강 위를 운행하는 배는 느리다. 따라가면 최소한 행선지를 파악할 수는 있다. 그사이에 다른 현이나 군에 연락하여 군사들을 동원한다면 그들이 강호인이라 한들 어쩔 도리가 없을 것이다.

사안은 자그마치 반역(叛逆)이었다.

필운의 부하들은 사룡주인 필운의 직책을 따라 사룡대(四龍隊)로 불렸는데 추적에 아주 익숙했다. 그들은 중간 지휘자의 명령에 따라 조를 나누어서 쉬거나 달리며 배를 따라가는 중이었다.

영사는 말에서 내려 땅에 떨어진 화살을 주웠다. 조금 전에 배에서 날아온 것을 검으로 쳐낸 것이었다.

쇠로 만들어진 화살인데 굵기는 엄지손가락만 하고, 영사의 검에 잘려 끝이 뾰족해졌으나 잘린 단면은 매끈했다. 화살의 뒤쪽에는 꽁지깃 대신 얇은 철편이 붙어 있었다.

온전한 철시(鐵矢)였다.

영사는 불현듯 드는 불길한 느낌에 화살촉을 찾았다. 하지만 눈에 보이지 않았다.

언제부턴가 등 뒤의 희겸이 너무 조용하다.

영사는 천천히 묶었던 띠를 풀어서 강가의 바위에 희겸을 내려놓았다.

희겸은 숨결조차 미약했다. 입술은 검고 안색이 푸르스름했다. 자세히 살펴보니 목에 가까운 오른쪽 어깨에 잘려진 화살이 깊숙이 박혀 있었다.

'독화살이다!'

영사는 속으로 부르짖었다.

강호에 떠도는 독의 종류는 헤아릴 수도 없이 많았다.

영사는 희겸의 맥문을 짚고 의식을 넓게 퍼뜨려서 그의 몸속을 살폈다. 독은 이미 전신으로 퍼진 상태였다. 다만 희겸의 내력이 심장과 머리를 보호하고 있어서 아직 그를 죽음에 이르게 하지는 못하고 있는 것 같았다.

영사는 필운을 업고 있는 부하를 돌아보았다. 사룡대 중에서 가장 높은 직책인 천지인삼호장(天地人三虎將)이 남았고 그중 한 명이 필운을 업고 있었는데, 늘 생기발랄하여 소년처럼 팔팔하던 필운도 축 쳐져 있었고 안색이 푸르스름했다.

틀림없이 희겸과 똑같은 독에 당한 것 같았다.

'빨리 손을 쓰지 않으면 살아나기 어렵다.'

영사는 속에서 조바심이 일어나려는 것을 애써 눌렀다. 이럴 때는 마음이 바삐 움직일 때가 아니라 행동이 민첩해야 할 순간이다.

삼호장에게 독을 치료할 줄 아는 자가 있는가 하고 물었지만 대답하는 자가 없었다.

영사는 필운을 넘겨받아 태백의 등에 걸쳤다. 필운의 몸에 박혔던 화살의 대는 업기에 불편하여 벌써 잘라 버리고 없었다.

희겸을 필운의 뒤쪽에 걸친 영사는 고삐를 잡고 태백의 옆에 손을 붙이고 달렸다.

제일 가까운 곳이 항적사였다.

뒤에서 삼호장이 경신술을 펼치며 따라왔다.

　한바탕 소란이 있은 후 향적사의 중들은 모두 절 뒤뜰에 모여 있었다. 처분을 기다리는 죄인이 된지라 꽁꽁 묶인 채로 맨땅에 앉아서 모기들에게 피를 시주하는 중이었다.

　절에 들어간 영사는 불은 훤한데 중들이 보이지 않아서 위엄을 세운 음성으로 소리쳤다.

　"스님들은 어디에 있나?"

　천호장(天虎將) 오덕손(五德孫)이 대답했다.

　"뒤뜰에 있습니다."

　영사가 뒤뜰을 알 리 없다.

　지호장(地虎將) 요성면(天成勉)이 앞장서며 말했다.

　"각하! 이쪽입니다."

　그렇게 해서 이른 뒤뜰에서는 중들이 가관인 모습을 보이고 있었다. 염불하는 중이 있는가 하면 모기를 쫓기 위해서 대가리를 소처럼 이리저리 흔들어대는 중이 있고, 얼굴로 오는 모기를 입으로 훅훅 불어서 쫓는 중도 있었으며, 서로 몸을 비벼서 그 사이에 낀 모기를 눌러 죽이는 중들도 있었다.

　벌써 도통한 중도 있었는데 얼굴과 맨 대가리에 새까맣게 모기를 덮고서 코를 골며 자고 있었다.

　그들 중에는 무공을 익힌 승려들도 있어서 포승을 끊고 벗어나고자 하면 일도 아니었다. 하지만 그랬다가는 나라에 반역하는 것이 뚜렷하게 되어 법난(法難:불교의 종교적 박해)의

빌미를 줄까 봐 끌어다 놓은 그대로 있는 것이었다.

천호장 오덕손이 재빨리 말했다.

"저 중들은 역적… 을 도왔습니다. 하여 사룡주 각하께
서……."

어투가 조금 이상했으나 더 들을 것도 없었다. 영사는 급하
고 황당해서 중들을 향해서 소리쳤다.

"주지는 어디에 있습니까?!"

중들은 주지한테 무슨 해라도 갈까 싶어서 듣고도 못들은
척했다.

인호장(人虎將) 배길음(裵吉音)이 잽싸게 한쪽으로 달려가
며 말했다.

"저쪽에 있는 자입니다."

주지는 이 밤의 향배가 어떻게 될 것인가를 고심하며 배우
지도 않은 천문(天文)을 살피는 중이었다.

영사가 말 등에 축 늘어진 두 사람을 싣고 오는 것을 보자
주지는 돌연 벌떡 일어나며 외쳤다.

"아미타불, 아미타불!"

영사가 소리쳤다.

"포승을 끊어라!"

배길음은 오덕손을 잠시 본 후에 그가 고개를 끄덕이자 마
지못해 주지를 묶은 줄을 끊었다.

중들은 갑자기 뛰어든 영사와 태백, 그리고 창과 검을 든 세 사람을 보고 멀뚱거리고 있었다.

주지는 영사를 향해 합장을 하면서 또 아미타불을 외웠다.

영사는 공력을 모아서 버럭 소리쳤다.

"다른 사람들도 풀어라!"

음성이 종소리처럼 귀를 울렸다.

삼호장은 깜짝 놀랐다가 급하게 뛰어다니며 포승을 끊기 시작했다.

삼호장은 오늘 영사를 처음 만났지만 칠룡주라는 그의 신분은 잘 알고 있었다.

원래 황금패를 가진 룡주들은 관부의 고수들 중에서 자기 마음에 드는 자를 차출하여 직속 부하로 둘 수 있었다. 그러나 영사는 아직 본격적인 활동을 하지 않았기 때문에 부하들이 없었다. 그런데도 무리를 이끌고 지휘하는 데 익숙할 뿐 아니라 위엄마저 갖추고 있으니 여간 놀랍지 않았다.

삼호장은 영사가 직속상관도 아니니 따라주는 정도에 그치려 했지만 종을 두드리는 듯한 높고 웅장한 음성에서 따르지 않으면 안 된다는 사실을 깨달은 듯했다.

영사는 주지 앞으로 달려갔다.

주지는 눈을 껌뻑거리며 영사와 태백을 보고 있었다.

"의술을 아는 사람이 있습니까?"

영사가 말하는데 주지승은 다시 눈을 껌벅껌벅하다가 한숨을 쉬었다.

"아미타불, 나는 또… 삼장법사(三藏法師)가 손행자(孫行者)와 팔계(八戒), 오정(悟淨)을 데리고 본사를 구원해 주러 오신 줄 알았더니……."

듣고 보니 기막힌 소리였다.

영사는 흰옷을 입었고 태백은 흰말이고 그 위에는 두 사람이 짐짝처럼 엎어져 있는데다 창을 든 세 부하가 뒤따랐으니 얼핏 보면 삼장법사와 세 행자가 백마에 불경을 싣고 오는 것처럼 보일 법도 했다.

하지만 자은사(慈恩寺:삼장법사라고도 불리는 현장이 불경을 번역한 장안의 사찰)도 아닌 향적사에 삼장법사가 올 까닭이 없다. 주지는 앉아서 졸았던 것이 틀림없었다.

필운과 희겸이 중독되어 죽어간다고 생각하니 영사는 속에 불이 난 것 같은 심정인데, 그냥 두면 속 모르는 주지의 흰소리는 쉽게 그칠 것 같지 않았다.

대뜸,

"다친 사람이 있습니다. 지료해 주시겠습니까?"

하고 영사가 물었다.

주지는 말을 끌었다.

"우리 절에도 침과 약을 아는 사람이 없기야 하겠소만."

그럼 됐다. 더 물을 것도 없다.

영사는 고삐를 놓고 넙죽 엎드리며 부탁했다.

"스님! 이 두 분의 목숨을 구해주십시오."

"아니, 뭐……."

주지는 영사의 갑작스런 태도에 당황하여 우물쭈물했다.

중들의 포승을 풀어주던 삼호장은 놀라서 아예 굳어버렸다.

칠룡주는 황제 폐하의 밀명을 수행하는 사람들 중 한 명이었다. 각 룡주는 강호인이지만 역적을 색출하여 송나라 황실의 보위를 지키는 임무를 맡고 있는지라 권한의 막중하기 이를 데 없었다. 어사의 권한이 크다지만 칠룡주의 권한에는 비할 수도 없을 정도였다.

"각하!"

천호장 오덕손이 당황하여 말했다.

"이들은 역적… 을 도왔습니다. 그들에게 허리를 숙이시면……."

역적이라고 말하려다 영사의 꿈틀거리는 눈썹을 보고 오덕손이 급하게 말을 바꾸었다.

영사는 고개를 들지 않은 채 주지에게 말했다.

"스님께서는 역적이 아니라 곤궁에 처한 사람을 돕고자 하셨겠지요?"

“그렇지!”

하고 대답하면서 주지승은 껄껄 웃었다. 영사는 자신들의 죄를 묻지 않겠다는 뜻을 분명히 한 것이다.

천호장 오덕손과 인호장 배길음은 어쩔 수 없게 되었다는 듯이 머리를 살래살래 흔들었다. 자기들의 직속 상관인 사룡주 필운은 향적사 중들을 엮어 넣을 뜻을 분명히 하고 있었는데, 지금 그들을 지휘하는 칠룡주는 전혀 생각이 다른 듯했기 때문이었다.

주지는 행여 말에 잡티나 붙지 않을까 싶어 불목하니와 다른 승려들을 다그쳤다.

“빨리 물을 데워라. 약당(藥堂)의 승려들은 뭐 하느냐? 어서 환자를 약당으로 옮기지 않고. 어서어서!”

“예, 큰스님!”

승려들이 재빨리 대답하고 이리저리 달려갔다. 그들의 모가지가 떨어질 수도 있었던 후원은 삽시간에 텅 비어버렸다.

주지조차도 먼저 후원 바깥으로 몸을 움직였고 영사는 그 뒤를 따라갔다.

약당은 후원에서 가까웠는데 약당 소속의 젊은 승려들이 필운과 희겸을 어깨에 짊어지고 달려가 기다란 대나무 침상에 나란히 눕혔다.

승려들은 죽을 목숨을 사면 받은 것이나 마찬가지인지라 호들갑을 떨면서 요란하게 움직였다.

주지는 자기가 기필코 큰일을 해내고야 말겠다는 듯이 영사와 함께 환자가 누운 곳까지 들어와 눈을 반짝거리고 있었다.

향각사에서 의약을 담당하고 있는 중이 두 사람의 상의를 벗겨내고 화살을 뽑을 준비를 했다. 무슨 재주를 가졌는지 벌써 뜨거운 물과 날카로운 칼, 수건 등이 환자의 침대 옆에 당도했다.

영사가 말했다.

"화살에 독이 묻어 있습니다."

"예! 나으리."

담번(擔飜)이라는 의승(醫僧)이 대답했다.

한데 영사의 옆에 있던 주지가 환자들의 얼굴을 비로소 발견하고는 나지막하게 '아미타불'을 외쳤다. 그러면서 영사와 두 환자를 번갈아 곁눈질 해보았다.

영사가 물었다.

"스님, 왜 그러신지요?"

주지는 또 영사 뒤에 있는 세 명의 두억시니 같은 관부 고수를 힐끔 본 후에 머리를 흔들었다.

"아무것도 아니오. 아미타불, 아무것도 아니오. 아미타불,

두 분 시주가 빨리 쾌차하기를 빌 뿐이오."

주지의 수양이 높아서 거짓말에 익숙하지 못한 것인지 수양이 높지 못해서 거짓말을 하면 표가 나는 것인지 영사는 구별할 수 없었다. 어쨌든 주지의 말은 누가 들어도 둘러대는 말이라는 것을 알 수 있을 정도였다.

영사는 주지가 희겸의 변장을 알아보았는지도 모르겠다고 생각했다. 하지만 전혀 모르는 척 가만히 있었다.

의승 담번은 먼저 희겸의 어깨에 박힌 화살을 뽑으려고 했다. 의승들은 여러 명이 있었지만 화살을 뽑을 수 있는 사람은 그뿐인 듯했다.

지호장 요성면이 담번을 노려보며 소리쳤다.

"그 사람은 급하지 않소. 먼저 우리 각하부터 치료하시오."

담번이 멈칫거리며 눈치를 보자 주지는 눈을 부릅뜨고 요성면을 쏘아보며 말했다.

"시주가 제일 잘났구려. 아마 무공도 제일 높고 직분도 제일 높을 것 같소. 의술도 제일 고명할 듯하니 직접 해보시오."

요성면은 불끈했지만 주지가 한 말 중에는 자기에게 해당되는 것이 하나도 없었다. 주먹을 움켜쥐고 주지를 노려보았지만 주지는 간에 털이 났는지 눈썹 하나 깜박하지 않고 고개를 픽 돌려 버렸다.

배길음이 영사에게 말했다.

"칠룡주 각하, 사룡주 각하께서는 중책을 맡으신 분입니다."

영사는 말을 할 기회를 한 번 잃어버렸다. 요성면이 말했을 때 바로 그가 말을 했어야 했는데 주지가 쏘아붙이는 통에 말을 하지 못했던 것이었다.

자기보다 높은 직책의 사람이 있는 자리에서 함부로 끼어들어 말하는 것은 관계(官界)의 예의로 보면 아주 어긋나는 것이었다.

영사는 연극을 하면서 그런 것에 익숙해져 있었는데 오히려 관계에 있는 삼호장이 익숙지 않거나 영사를 무시하는 것 중의 하나였다.

권위를 손상당한 데 대한 분노가 머리로 치밀었다.

하지만 한 번 속으로 삼켰다. 요성면과 배길음의 말은 들을 가치도 없다는 듯이 고개를 돌려 버리고 의승 담번에게 물었다.

"그분을 먼저 치료하려는 이유가 있습니까?"

담번은 여전히 부술(剖術)을 쓸 칼을 희겸의 어깨에 대고 있었다.

담번이 대답하기도 전에 주지가 툭 내뱉듯이 말했다.

"만상(萬象)이 연기(緣起)하는데 인과(因果)없이 일어나는 일이 어디 있겠소? 중이 하는 일에 인과를 갖추지 않고서 하는 일은 없다오."

어투에는 잘난 척하더니 너도 별것없구나 하는 태도가 묻어 있었다.

영사가 더 묻기도 전에 주지가 계속 말했다.

"저 각한지 뭔지 하는 시주는 체력도 왕성하고 다른 데는 다친 곳도 없소. 익힌 공력이 특이해서 독에도 잘 대응하고 있으니 전혀 급하지 않소이다. 더구나 벌써 귀한 약까지 먹었구먼. 하지만 이분 시주는 공력이 미약하고 얼굴빛도 이 정도로 변해서 이상하니 독에 저항을 잘 하지 못할 뿐 아니라 상처가 많아서 체력 소모도 몹시 많았음을 알 수 있소. 하니 급한 불을 먼저 끄는 것처럼 이분부터 치료하려는 것이오."

주지가 의승 담번보다 더 의약에 정통한 것 같았다.

"그래도!"

하면서 요성면이 화난 음성으로 말했다.

'이자가!'

영사는 살기가 불끈 치밀었다.

기너들에게도 위엄을 세우지 않는 영사의 성미로 볼 때 평상시라면 이럴 것도 없었다. 하지만 지금은 아직 적을 대하고 있던 상황이 종료되지 않았기에 령(令)이 뚜렷하지 않으면 안 될 때였다.

요성면에게 일차 불벼락을 내려야겠다고 생각한 그 순간 주지가 또 퉁명스럽게 말했다.

"하긴 이런 게 관리들의 아첨하는 도리와는 좀 다르긴 하지."

요성면은 화가 머리끝까지 치밀어 몸을 부르르 떨었지만 주지를 어떻게 하지는 못했다. 영사가 무서운 눈으로 쏘아보고 있었기 때문이다.

요성면은 미미하게 안색이 변한 채 한 걸음 물러났다.

영사는 요성면을 노려보던 시선을 거두고 주지에게 말했다.

"부탁드립니다."

그제야 담번은 희겸의 어깨에 소도의 끝을 밀어내어 화살촉을 찾기 시작했다. 검고 붉은 피가 뭉클뭉클 쏟아져 나왔다. 다른 의승들이 희겸의 팔과 어깨를 잡고, 몸을 누르고 하면서 거들었다.

주지는 미운 듯이 요성면과 오덕손, 그리고 배길음을 한 번 흘겨보았다. 눈으로 때리는 것 같았는데 하는 짓이 영낙없이 심통난 노인네였다. 영사가 자기편을 들어준다는 걸 믿고 있는 게 분명했다.

영사는 요성면 때문에 자기 속에서 들끓고 있는 분노를 억

지로 다스리며 주지에게 공손히 말했다.

"스님, 이들은 상관을 잘 모시자는 뜻밖에 없으니 용서해 주시기 바랍니다."

"그렇다면야 뭐……."

주지는 슬그머니 눈을 내리며 용서하는 척을 했다.

요성면은 복장이 뒤집어져 죽을 지경이었지만 영사가 있는 자리라 뒤에서 숨만 씩씩거렸다.

담번의 솜씨는 몹시 뛰어났다. 금방 희겸의 어깨뼈를 갈라서 박혀 있던 화살을 뽑아낸 후 약을 바르고 상처를 싸맸다. 그리곤 바로 필운의 어깨에 박힌 화살을 뽑기 시작했다.

두 사람 모두 화살이 박힌 위치가 비슷했다. 필운은 왼쪽이고 희겸은 오른쪽이라는 점이 달랐다.

담번이 화살을 뽑아내는 동안에 주지는 희겸의 어깨에서 나온 피를 손가락에 찍어서 맛보고 눈을 찡그리더니 또 필운의 어깨에서 나온 피를 맛보고 있었다.

방 안에는 촛불이 세 대나 켜져 일렁거리는데 손가락에 빨갛게 피를 물들이고 쪽쪽 빨아먹는 주지의 모습은 공포스럽기까지 했다.

배실음이 속으로 말했다.

'요괴 같은 중이구나. 무슨 중놈이 사람 피를…….'

하지만 주지는 영사와 삼호장이 생각한 대로 의승 담번보다 더 의술에 정통해 있는 모양이었다.

담번이 물었다.

"주지스님, 무슨 독입니까?"

주지가 눈을 감고 혀끝을 입안에서 굴려 맛을 보다가 대답했다.

"팔보찬(叭菩纂)이지 싶다."

제56장

삼호장(三虎將)

담번이 놀라며 말했다.

"그건… 유령산장의 독이지 않습니까?"

유령산장이라는 말에 영사마저 깜짝 놀랐다.

주지가 눈을 감고 갸웃거리며 말했다.

"팔보찬이 맞기는 한 것 같은데……. 이상하군. 그럼 유령산장이잖아."

주지의 태도는 여기서 유령산장이 거론될 이유가 전혀 없다는 듯했다.

하지만 영사의 입장에서는 아니었다. 영사가 알고 있는 독은 별로 없는데 그것들이 전부 유령산장의 것이었다.

파사교의 육선녀마저 유령산장의 독을 사용했었다.

마치 일마다 유령산장이 다 끼어 있는 듯이 느껴졌다.

영사가 물었다.

"스님, 팔보찬은 어떤 독입니까?"

주지가 영사를 힐끔 보고서 말했다.

"시주는 신분이 높은데도 너무 겸손하시군."

오덕손이 오히려 동의한다는 듯이 고개를 끄덕였다.

영사가 말했다.

"향적사의 만영 주지께서는 도통하셨다고 하니 존경하지 않을 수 없습니다."

영사가 기녀원에서 주로 하던 것이 사람들에 대한 소문을 듣는 것이었다. 향적사의 만영 주지가 도력이 높다는 소리를 일찍부터 들은 바 있었다.

만영 주지가 껄껄 웃었다.

"헛소문을 들으셨군. 귀인도 그런 말을 믿으시오? 그런 말을 듣고 옮기면 그게 바로 헛소리가 된다오. 진정 도통한 분은 내가 아니라 따로 계시오."

영사가 말했다.

"하지만 많은 분이 우러러 보는 분이니 마땅히 존경해야 하지 않겠습니까?"

만영 주지가 말했다.

"그건 무슨 도리요?"

영사가 말했다.

"주지스님을 흠모하는 사람들에 대한 도리입니다."

영사의 말은 만영 주지를 존경하는 것은 그를 존경하는 사람들을 존중하기 위해서라는 뜻을 포함하고 있었다.

만영 주지가 곰곰이 영사의 얼굴을 보더니 말했다.

"마음이 작은 사람이 아니니……. 귀인의 그 얼굴은 본 모습이 아니군."

"예."

영사는 순순히 대답했다.

만영 주지가 말했다.

"다음에 따로 한번 들러서 보여주기 바라오."

영사가 순순히 대답했다.

"그렇게 하겠습니다."

만영 주지는 필운을 한 번 보고 나서 말했다.

"팔보찬은 유령산장의 독인데……. 영문은 뒤에 알아보시오. 유령산장은 강호의 일에 함부로 나서는 곳이 아니니 곡절이 있을 것이오. 팔보찬으로 말하자면 향(香)을 가두는 힘을 가진 독이오. 사람의 몸에서 향에 해당되는 것은 신지(神智)이니 팔보찬에 중독된 사람은 정신이 약하면 즉사하고 강한 사람은 바보가 되는데, 아무것도 혼자 힘으로는 할 수가 없게 되오."

만영 주지의 설명을 들은 오덕손 등 삼호장의 안색이 완전히 변해 버렸다.

영사가 물었다.

"해독할 수는 있습니까?"

만영 주지가 말했다.

"유령산장이라면 당연히 해독할 수 있겠지. 하지만 사흘 안에 유령산장에 간다는 것은 불가능할 테고……."

"팔보찬은 사흘이 지나면 해독할 수 없는 독입니까?"

영사가 다시 물었다.

만영 주지가 대답했다.

"그렇소. 사흘 후면 이미 신지가 굳어버려서 아무 소용이 없다오."

영사가 또 물었다.

"스님께서는 해독하실 수 없습니까?"

만영 주지가 머리를 흔들었다.

"아미타불. 소승의 능력으로는 불가능하오. 하지만 방법이 아주 없는 것은 아니라오."

영사가 말했다.

"어떤 방법입니까?"

만영 주지는 금방 말하지 않고 영사를 자꾸만 보았다.

　영사는 이상했지만 만영 주지는 도통했다고 소문이 날 정
도의 사람이니 좀 이상한 게 정상이라 생각하며 가만히 있었
다. 만영 주지도 영사가 귀를 기울였던 기인들 중의 한 사람
이니 당연한 생각이었다.
　만영 주지는 말할 듯 말 듯하다가 마침내 입을 열었다.
　"본사에 장로 한 분이 계신데, 그분이 나서주신다면 아마
두 분 시주를 해독할 수는 있을 것이오."
　담번이 놀라서 고개를 번쩍 들었다.
　"주지스님!"
　만영 주지가 보는데 담번의 고개가 좌우로 급하게 돌았
다. 절대로 안 된다는, 또는 안 될 것이라는 의미인 것 같았
다.
　영사는 깊이 허리를 숙이며 다시 한 번 절했다.
　"부탁드립니다."
　"따라오시오. 한번 여쭤보겠소."
　만영 주지는 아미타불을 외치고 밖으로 나가 버렸다.
　담번이 영사의 소매를 잡으며 말했다.
　"아미타불, 나으리는 좋은 분이니 장로님을 뵈려 해서는
안 됩니다."
　영사가 의아한 표정을 지었다.
　담번은 몸을 한 번 부르르 떨고 나서 말했다.

"장로님은 아주 무섭습니다. 나으리께서 죽을지도 모릅니다."

"괜찮습니다."

영사가 웃고 말했다.

"전 잘 죽지 않습니다."

담번은 안타까운 듯이 한숨을 쉬고 눈을 희겸에게로 돌렸다. 그리곤 그의 입안으로 뜨거운 물을 흘려 넣으며 옆에서도 들을 수 있는 작은 소리로 염불을 외우기 시작했다.

영사는 밖으로 나왔다.

만영 주지는 돌아보지도 않고 성큼성큼 걸어가고 있는 중이었다. 방향은 절 뒤였고 산을 바라보고 올라가는 것처럼 보였다.

얼마 후에 절을 벗어나 좁은 산길로 들어섰는데 만영 주지는 허깨비처럼 일렁거리며 잘도 걸어갔다.

영사는 그의 뒤에서 조금 거리를 두고 걸었다.

배길음이 영사를 따라오면서 작은 소리로 말했다.

"각하, 중들은 천한 것들입니다. 폐직이 말하기는 어렵습니다만 저들을 잘못 처리하시는 게 아닌가 싶습니다. 우리 각하께서 드신 백독해(百毒解)는 강호상의 독약 중에서 해독하지 못하는 것이 없는 영약입니다. 유령산장 운운한 것은 믿을 수가 없습니다.”

영사는 배길음의 말에서 그가 오덕손 등과도 이미 의논하고 앞장을 선 것 같다는 느낌을 받았다.

영사는 배길음을 한번 노려보았다. 속에서 또 살기가 치밀어 올랐다.

배길음은 굴하지 않고 말했다.

“중과 창녀와 거지는 가장 천한 것입니다. 각하께서 중에게 무릎을 꿇고 절했다는 사실이 알려지면…….”

“입을 다물지 않으면…….”

영사가 그의 말을 끊었다.

배길음이 입을 다물었다.

영사가 나직하게 말했다.

“당신을 죽일지도 몰라.”

배길음의 안색이 창백하게 변했다.

요성면과 오덕손이 긴장하며 공력을 끌어올렸다.

영사는 걸음을 멈추지 않았다.

잠시 후에 커다란 바위 두 개가 겹쳐진 것이 보였는데 그 앞에는 마당이 있었으며, 바위 사이에는 세모난 굴에 돼지우리처럼 울타리가 둘러 있는 것이 보였다.

만영 주지가 뒤를 돌아보며 말했다.

“기다리다가 소승이 부르면 들어오시오. 이 말은 꼭 명심하시오. 귀인께서 잘 부탁드리면 그분께서 도와주실 것이오.”

“예.”

하고 영사가 대답했다.

만영 주지는 울타리를 조금 열고 어두운 동굴로 들어갔다.

영사는 달빛을 등에 지고 서 있었다.

오덕손이 지그시 입술을 깨물었다가 말을 걸었다.

“각하! 저희들은 사룡주님의 수하입니다.”

만영 주지는 동굴로 완전히 들어가서 보이지 않았다.

영사는 차갑게 말했다.

“그래서 아직 살아 있는 거야!”

오덕손이 다시 무슨 말을 하려다가 입을 다물었다. 상대는 새파란 소년이지만 칠룡주였다. 이상한 살기가 간혹 뿜어져 나오는 것이 느껴져 대하기가 쉽지 않음을 느끼고 있었다.

“아직까지는!”

하고 영사가 나직하게, 하지만 단호하게 말을 이었다. 나중에는 죽을 수도 있다는 경고였다.

하지만 요성면이 불쑥 나서며 고개를 내밀고 말했다.

“각하께선 역적을 두둔하고 계시오. 알고 있소? 저들은 중일뿐만 아니라 우리 눈앞에서 역적의 괴수를 은닉하고 도주하는 것을 도왔소이다. 아무리 칠룡주 각하라 하더라도 역적을 방조한다면 간과할 수 없소이다.”

어투가 아주 무례하고 투박했다. 장안의 왈패들과 다를 바가 없다. 싸움을 건다고 해도 과언이 아니었다.

이미 각오를 한 듯이 배길음은 이를 악물고 있었다.

오덕손은 어쩔 수 없다는 듯이 요성면의 곁에 섰다.

영사는 천천히 몸을 돌렸다.

삼호장이 굳건히 버티고 서서 영사를 맞이했다.

영사가 물었다.

"어디까지 의논했나?"

오덕손이 대답했다.

"폐직들의 직분은 각각 호장(虎將)에 불과하지만 용주께서 반역의 혐의가 있다면 대적하고 체포할 수 있는 권한이 있습니다. 두루 살펴서 생각해 주십시오."

"하하하하!"

영사가 소리 내서 웃었다.

요성면이 말했다.

"직무를 행하려는 우리를 죽이려 한다면 각하께서는 반역자와 한 무리라는 걸 시인하는 꼴이 될 것이오. 순순히 체포에 응하시길 바라오."

영사는 싸늘하게 미소를 지었다.

배길음은 기이한 살기에 흠칫하며 몸을 떨고 말했다.

"각하, 사룡주 각하께서도 유고(有故) 중이시니 폐직들로

서는 이렇게 하지 않을 수 없습니다. 용서하십시오. 하지만 이것도 저희 삼호장(三虎將)이 마땅히 해야 할 임무입니다."

요성면이 성미 급하게 말했다.

"검을 놓고 순순히 협조하시오. 혐의가 밝혀질 때까지는 각하로서 예우하겠소이다."

영사는 검의 수실 속에 들어 있는 칠룡패를 꺼냈다.

배길음과 오덕손은 멈칫거렸지만 요성면은 요지부동이었다.

영사가 물었다.

"내 혐의가 무엇이냐?"

오덕손이 대답했다.

"대역죄입니다."

배길음이 말했다.

"각하께선 대역 죄인들을 풀어주고 그 우두머리 중에게는 절까지 하셨습니다. 혐의를 면키 어렵습니다."

요성면이 큰소리로 말했다.

"순순히 오라를 받으시오. 그렇지 않으면 가족과 친지들에게까지 후환이 미칠 것이오."

영사가 묘한 표정을 또 짓고 물었다.

"내 가족과 친지를 알고 있나?"

요성면이 말했다.

"칠룡주가 된 지 언젠데 아직 조사하지 않았을 것 같소? 칠룡주 각하에 대해서라면 황제 폐하께선 머리카락 개수까지 다 알고 계실 것이오."

영사가 칠룡패를 보며 혼자서 말했다.

"겨우 이런 거였군. 이래서 강호인은 관부와 연계되는 걸 싫어한 모양이야."

요성면이 거칠게 말했다.

"황제 폐하께서 하사하신 신물이오!"

영사는 대꾸하지 않고 몸을 돌렸다. 황제의 손끝에 자기가 더럽혀진 기분이었다.

요성면이 뒤에서 창을 겨누었다.

"멈추시오!"

하고 소리쳤지만 영사는 서지 않았다.

요성면이 다시 말했다.

"귀하가 원래 우리보다 강했는지 모르지만, 다쳤다는 사실을 알고 있소. 멈추지 않으면 합공을 하겠소."

이제 호칭도 각하가 아니었다.

영사는 뒤로 돌아서 순순히 양손을 내밀었다. 아무런 표정도 없었다.

요성면과 오덕손, 배길음은 모두 의외인 듯 잠시 그냥 서 있었다.

배길음이 조심스럽게 다가가며 말했다.

"각하, 잘 생각하셨습니다. 저희도 오해가 풀리길 바랍니다."

영사는 고개를 끄덕이고 가만히 있었다.

배길음이 오라로 영사의 손목을 특이하게 묶었다.

오덕손이 다가와 전신의 혈도를 찍었다.

영사의 몸이 물에 젖은 솜뭉치처럼 늘어졌다.

요성면은 창을 거두며 이마에서 땀을 닦았다.

"제기랄… 발광할까 봐 식겁했네."

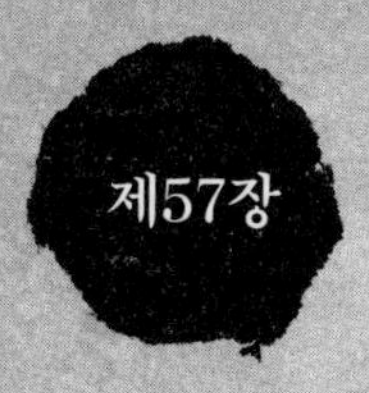

만영 주지(滿盈住持)

　　삼호장의 첫째는 단연코 천호장인 오덕손이었다. 지호장 요성면이 영사와 각을 세우는 일을 맡기는 했지만 그것은 어디까지나 서로 역할을 정하려다가 그렇게 된 일일 뿐이었다.

　　지호장 요성면이 인호장 배길음에게 영사를 휙 집어 던지자 오덕손은 오른손에는 검을 잡고 왼손에는 창을 잡은 채 앞장섰다.

　　오덕손이 말했나.

　　"이제는 내가 맡도록 하지."

　　"조심하시오. 장로라는 중이 보통 아니지 싶소."

하고 배길음이 말했다.

요성면이 말했다.

"요즘은 중들 무공도 대단하다지만 내가 만나보니 별것없었어. 하도 소림사 소림사 하기에 가봤는데 하는 짓이 고작 봉술이나 하고 손으로 돌이나 깨는 수준이더군."

배길음이 머리를 흔들며 말했다.

"아니오. 소림사에서는 벌써 절기가 삼십 개 넘게 만들어졌다고 하오."

요성면이 코웃음쳤다.

"만들어지기는! 강호에 있는 온갖 게 흘러들어 가서 옷만 바꿔 입은 거지. 그런 식으로 하면 백 갠들 못 만들겠나? 아마 백 년쯤 더 지나면 달마가 절세무적의 고수였다는 소리까지 나오고 말걸?"

배길음이 오덕손을 따라 동굴로 들어가면서 말했다.

"하하. 하기는 중놈들이 무슨 쓸모가 있다고 신공이니 장법, 조법, 검법이며 권법, 지법까지 모조리 만들어내겠소? 다 신비한 척하거나 대단한 척해서 백성들 돈을 빼앗아 먹자는 수작이겠구려."

요성면은 영사에 대한 부담을 털어버리기라도 하듯이 껄껄 웃으며 말했다.

"산중에서 칼 든 놈은 다 도적이지. 이 중놈들한테는 돌부처도 칼이고 중얼거리는 잡소리도 칼이야. 백성들의 재물이고 계집이고 간에 다 후려내는 거야. 부잣집들과 권세있는 집안의 자재들 중 대부분은 안주인이 중놈들과 붙어먹어 생긴 놈들이라는 건 알 만한 사람은 다 알지. 중놈들의 파란 맨대가리가 여자들한테는 색정을 불러일으킨다는 말도 있어."

배길음이 말했다.

"그렇게 보면 도관(道館)도 마찬가지 아니오? 도사 놈들은 방중술이다 뭐다 하며 대놓고 색을 밝히는 것들도 많으니. 도관에서 몸 망친 부녀들도 그 못지않을 거요."

요성면이 또 말했다.

"도사놈들은 코를 치켜세워서 여자들을 홀리니까. 코도 맨대가리만큼이나 성적이야. 비슷하게 생겼잖아."

오덕손과 배길음이 함께 웃음을 터뜨렸다.

앞서 걸어가던 오덕손이 한숨을 쉬었다.

"언제고 우리 손으로 이 요사스런 무리들을 처단할 날이 와야 할 텐데."

"승상께서 마음을 굳게 잡수셨으니 멀지 않을 것이오. 한데 이 동굴은 몹시 깊군."

하고 요성면이 말했다.

오덕손이 말했다.

"조심하시오. 앞에 뭔가 있는 듯하오. 기운이 다르니까."

영사는 배길음의 어깨에 떠메어 있었다. 손은 꽁꽁 묶인 상태고 전신의 혈도도 제압당했다. 하지만 움직이려 하지 않으면 그 상태도 불편할 것은 없었다. 아직 여름이라 배길음의 땀냄새가 코에 거슬릴 뿐이었다.

'왜 순순히 포박을 받으라고 했을까?

하고 영사는 속으로 생각했다.

동굴 밖에서 요성면 등이 도발했을 때 영사는 황제와 평생 척을 지는 한이 있더라도 다 죽여 버릴 작정이었다. 강호에 몸담고 사는 사람 중에 그런 사람들이 없는 것도 아니고, 오덕손과 요성면 따위를 죽였다고 해서 반드시 황제와 척을 지게 될 거라는 법도 없었다.

문제가 생기기는 하겠지만 그건 그때 생각하고 해결할 것이지 지금의 문제는 아니었다.

영사는 자기를 억압하는 대상은 황제라도 용납하기 싫은 마당에 삼호장 따위를 참아낼 수 있을 리 없었다.

하지만 그 순간에 들려왔던 만영 주지의 한마디에 때문에 순순히 포박되는 길을 택했다.

"묶이시게. 그들이 마음까지 묶을 재주는 없을 터."

만영 주지의 음성은 귀에 대고 속삭이는 듯했다.

그래서 영사는 더 생각지 않고 순순히 손을 내줘 버렸다.

혼자서 무공을 수련할 때는 한 손을 쓰지 않고 싸우거나 발을 쓰지 않고 싸우는 방법 등을 연습한 적이 있었다.

하지만 몸을 완전히 내준 후 싸우는 연습은 해본 적이 없었다.

동굴은 깊었고 만영 주지의 모습은 그때까지도 보이지 않았다.

영사는 기다렸지만 만영 주지의 전음은 더 이상 들려오지 않았다.

동굴 안에서는 원인을 알 수 없는 한기가 어려 있어서 영사의 몸을 떨리게 하고 있었다.

요성면이 말했다.

"장로라는 늙은 것은 요사한 데 사는군. 제기랄. 그래도 여름에 시원하기는 하겠어."

그때 갑자기 동굴은 수평으로 곧아졌다.

"허억!"

하고 배길음이 신음을 내뱉었다.

오덕손과 요성면도 놀라서 걸음을 멈추었다.

그들이 이른 곳의 바닥은 평평했는데, 삼 장 앞은 돌로 된 문으로 막혀 있었다. 세 사람의 발치에서부터 문 앞까지 겨우

한 사람이 지나다닐 만큼 좁은 길을 남겨 놓고, 양쪽에는 거대한 무덤처럼 허연 뼈들이 쌓여서 푸르스름한 인광을 뿜어내고 있었다.

뒤엉켜 쌓인 뼈들의 높이가 사람의 키보다 훨씬 높았다.

"이건 대체……."

오덕손이 놀란 음성으로 내뱉었다.

요성면이 소리쳤다.

"중놈들이 사람마저 잡아먹은 모양이오!"

배길음이 머리를 흔들며 중얼거렸다.

"전장보다 더 하오. 아직도 살 썩은 냄새가 깔려 있소. 이곳의 이상한 한기는 희생자들의 원한 때문에 생긴 모양이오."

천호장 오덕손이 창을 굳게 잡으며 말했다.

"크게 싸워야 할지도 모르겠소. 준비 단단히 하시오."

그때 석문 안에서 이상한 음성이 들려왔다.

"만영, 나는 배가 고프다. 네 말을 더 듣고 있기가 힘들구나."

알아들을 수는 있었지만 억양은 희미했고 끊어지는 곳도 없어서 마치 웅얼거리는 것 같았다.

천지인 삼호장은 물론 영사마저 그 음성에 머리카락이 쭈뼛 서는 기분이었다.

만영 주지의 음성이 뒤이어 들렸다.

"태사숙조(太師叔祖)님, 그 두 사람을 구해주지 않으면 본사가 위난을 피하기 어려울 듯합니다. 아미타불!"

"네가 죽고 싶으냐? 만영! 내 앞에서는 그 소리를 내뱉다니."

"제자가 실수했습니다, 태사숙조님."

"나는 불호가 싫다. 들을 때마다 아무 놈 머리라도 깨버리고 싶어져."

음성에 짙은 살기와 허무가 번갈아 가면서 흘렀다.

삼호장은 가만히 있어도 저절로 가슴이 떨려왔다. 그들은 한 걸음도 더 다가갈 수 없었다.

만영 주지의 간곡한 음성이 또 들렸다.

"선도 조사(善導祖師)께서 우리 향적사를 세우고 정토종(淨土宗)의 본산으로 삼으신 지 벌써 수백 년입니다. 태사숙조님, 부디 향화가 끊어지지 않게 해주십시오."

"흥, 너는 내가 본사에서 있었던 일을 모르는 줄 아는구나. 나를 여기서 나오지 못하게 한 건 만영 네놈인데, 아까 그때 본사는 이미 다 망할 뻔하지 않았느냐? 네가 나갈 수 있게 해놓았더라면 나는 그때 나가서 그 못된 놈들의 대가리를 모조리 부수고 뇌수를 갈아 마셔 버렸을 것이다."

영사는 사람의 음성에서도 피가 줄줄 흐르게 할 수 있다는 사실을 처음으로 알았다. 향적사의 장로는 사람이 아니라 마귀인 듯한 생각까지 들었다.

"경우가 다릅니다."

만영 주지의 음성이 이어졌다.

"태사숙조님께서 혈거(穴居:동굴살이)를 푸시고 나가는 것은 우리 향적사가 망하는 것보다 더 큰일입니다. 하지만 다친 사람을 데려와 치료하는 것은 그보다 훨씬 작은 일이니 태사숙조님께서 능히 하셔도 됩니다."

"내가 왜? 다친 두 놈 중에 한 놈은 바로 본사를 망하게 하려던 그놈인데 왜 치료한단 말이냐?"

이 정도면 요괴가 분명했다. 동굴에서 향적사까지 거리는 오 리가 넘었다. 그런데도 다친 사람이 누구인지까지 훤히 알고 있다면 도저히 사람이라고 볼 수가 없다.

만영 주지가 말했다.

"그는 황제가 시킨 일을 하는 사람입니다. 그를 구해준다면 황제도 우리를 적대하려는 생각을 고칠 것입니다."

그 음성이 말했다.

"황제는 겁낼 것 없다."

어조가 변해 있었다.

만영 주지가 물었다.

"태사숙조님, 무슨 말씀이신지요?"

그 음성이 대답했다.

"망하는 건 우리가 아니라 황제니까. 황제는, 아니, 송(宋)은 얼마 못 간다."

만영 주지가 잠시 침묵했다가 말했다.

"천기입니까?"

그 음성이 대답했다.

"천기랄 것도 없다. 오래 살다 보면 절로 보이는 거니까. 이제 거의 다 됐어, 송은."

만영 주지는 다시 침묵했다가 물었다.

"그럼… 요(遼)입니까?"

송의 북방에 위치하고 있는 대국 요가 송을 멸망시키느냐는 물음이었다.

하지만 대답은 그렇지 않았다.

"아니다. 그 이상은 나도 말할 수 없다."

하고 그 이상한 음성은 단호하게 잘랐다.

만영 주지가 말했다.

"한 사람을 구하는 것은 구층탑을 쌓는 것보다 낫다고 했습니다. 태사숙조님, 부디 그들을 구해주시기 바랍니다."

"흐흐흐. 만영, 너는 정말 염치가 없구나. 이제 이런 말로 또 나를 꾀려 하다니. 좋다. 만약에 네가 밖에 있는 놈들을 나한테 주겠다고 약속한다면 그 두 놈을 구해주마."

“불가합니다.”

하고 만영 주지가 말했다.

순간 오덕손과 요성면은 창을 석문에 끼워 넣어 젖히며 동시에 고함쳤다.

“역적은 내 창을 받아라!”

“요사한 중놈아! 모가지를 바쳐라!”

순간 안에서 시꺼먼 바람이 몰아쳐서 오덕손과 요성면을 뒤로 내동댕이쳤다.

“으악!”

누구 입에서 터져 나온 비명인지도 알 수 없었다. 그들은 뒤에 있던 배길음과 함께 백골 무더기 위에 떨어져 정신을 잃었다.

석문은 쿵! 소리를 내면서 원래대로 닫혀 버렸다.

쉬아아아아!

쉬쉬쉬쉬쉬!

영사는 이상한 소리와 함께 전신에서 뭔가가 빠져나가는 것을 느꼈다. 아득해지던 정신이 놀라서 번쩍 깨어났다. 그는 지금 배길음의 몸 위에 얹혀 있었는데 뒤로 날려가다가 한 번 뒤집어진 때문이었다.

영사는 제육장의 호흡을 하면서 몸을 갈무리했다.

전신의 모공으로 기운이 빠져나가고 있는 중이었다.

슈욱! 슈욱!

천지인 삼호장의 몸에서도 물 끓는 솥에서 증기가 빠져나오듯이 기운이 뿜어져 나가고 있었다. 그 기운들은 한데 뭉쳐서 호숫물이 샛강으로 흘러가는 것처럼 석문 틈으로 빨려 들어가는 중이었다.

제육장의 호흡은 호흡이면서도 특이한 공력을 만들어주는 효능이 있었다. 영사의 지금 상태로는 제육장의 호흡 외에는 아무것도 할 수 있는 것이 없었다.

온 정신을 다하여 호흡하니 몸에서 빠져나간 기운을 다시 코로 빨아들여 되돌릴 수 있었다.

정신이 수습되었다.

눈을 감고 상황을 관조하며 계속 호흡을 하니 삼호장의 몸에서 나와 구름처럼 모여 있는 기운들도 영사의 콧속으로 빨려 들어왔다. 천지인 삼호장의 몸에서 나온 기운들은 한군데 모였다가 두 갈래로 나뉘어서 영사와 석문으로 빨려 들어가는 중이었다.

하지만 영사는 자기가 삼호장의 공력을 빨아들이고 있는 줄은 몰랐다.

석문 안에서 주고받는 말소리가 다시 귀로 들어오기 시작했다.

만영 주지의 음성이었다.

"태사숙조, 그만하십시오. 더 하신다면 저도 견디지 못합
니다."

장로가 말했다.

"네가 죽는 게 무슨 대수냐? 어차피 너도 십 년을 넘기지
못한다."

만영 주지가 말했다.

"저들 중에 세 사람은 단지 관인일 뿐입니다. 하지만 한 사
람은 태사숙조께서 죽이시면 안 됩니다."

장로가 말했다.

"흥. 네가 또 무슨 도리를 읊어댈 생각이냐? 나는 한동안
사람 피 맛을 보지 못해서 심사가 많이 꼬여 있다. 나는 여기
서 나가지도 않았으니 네 명을 거역한 것도 아니다. 저들은
짐승들처럼 제 발로 들어왔으니까 나한테 피를 빨리고 죽는
다 해도 무슨 원망이 있겠느냐?"

영사는 동굴 입구에 있던 울타리를 생각했다. 그것은 단지
그냥 울타리가 아니라 짐승들이 한 번 들어오면 나가지 못하
게 막는 울타리였음을 짐작할 수 있었다.

동굴 속의 장로는 울타리를 열고 닫는 수단을 가지고 있는
것이 틀림없었다. 여름날 더위를 피하기 위해서든지, 겨울날
추위를 피해서든지 간에 짐승이 한 번 동굴에 들어오면 다시
는 나가지 못하고 백골이 되어버렸을 것이다.

손에 만져지는 뼈들 중에 유달리 큰 것들이 있다. 이것으로 미루어 보더라도 영사는 자기의 짐작이 틀리지 않았음을 알 수 있었다.

만영 주지가 말했다.

"그럼 제 피를 드리겠습니다. 이제 그만하고 저들과 두 사람을 구해주십시오."

"흐음… 하아!"

장로가 이상한 소리를 냈다. 코로 기운을 빨아들여 만끽하는 것 같았다. 그가 말했다.

"흐흐흐흐흐, 그게 무슨 어려움이 있겠느냐? 하지만 만영, 내가 방금 전에 벌써 말하지 않았느냐? 밖에 있는 놈들을 나한테 준다면 두 놈을 살려주겠다고. 한데 네 놈 중에서 하나는 아주 보잘것없다. 공력이 벌써 고갈되어 버리다니 재미없는 놈이야."

만영 주지가 조금 큰 소리로 말했다.

"태사숙조, 그만두지 않으신다면 제가 금령(金鈴)을 울리겠습니다."

장로가 갑자기 부드러워진 음성으로 말했다.

"그만하자. 하지만 만영, 생각해 보아라. 밖의 저들을 죽이지는 않으마. 빼앗은 공력도 돌려주마. 다만 저들을 나한테 준다면, 나는 단지 저들을 곁에 두고 일을 시키고 싶구나. 저들에게도 해가 되지는 않을 것이다. 삼 년 동안 일하고 난다면 지금 공력의 두 배를 주어서 삸으로 할 테니까.”

영사는 속으로 금령(金鈴)이 뭐기에 괴이하기 짝이 없는 장로라는 자가 태도를 바꿀까 하고 생각했다. 금령이면 금으로 만든 방울일 텐데 귀신이라면 몰라도 사람이 방울 소리를 무서워할 까닭은 없었다

만영 주지가 말했다.

“제가 결정할 수 있는 일이 아닙니다, 태사숙조님. 하지만 저들 중에서 한 사람을 보신다면 태사숙조님도 마음을 바꿀 수 있지 않을까 싶습니다.”

장로가 말했다.

“무슨 소리냐? 저들 중에는 내가 탐낼 만한 자가 없다. 다친 두 놈이 오히려 쓸 만하다.”

만영 주지가 말했다.

“태사숙조, 제 말을 따르십시오. 저는 그를 처음 보고 마치 법상종(法相宗)의 삼장 조사(三藏祖師)가 온 줄 알았습니다.”

“당치 않은 소리!”

장로가 화를 내며 말했다.

법상종의 삼장 조사라면 본명은 진위(陳緯)로 경(經), 논(論),

율(律)에 모두 정통하였기 때문에 삼장법사라고 불렸던 현장(玄奘)을 말한다. 현장은 무수한 전설을 가지고 있는데 당나라 때 서역으로 가서 오백이십 질, 육백오십칠 부의 경전을 가져왔으며, 그중에서 극히 일부인 칠십육 부, 일천삼백사십칠 권을 번역하여 법상종의 시조가 된 인물이었다.

법상종은 감각과 인지를 깨달음의 수단으로 여기고 세밀히 살피는 유식불교(唯識佛敎)의 종파였다.

만영 주지가 다시 말했다.

"한데 다시 보니 마치 우리 초조(初祖)를 뵙는 듯했습니다."

이번에는 장로가 가만히 있었다. 도저히 그 성미를 짐작할 수가 없는 사람이었다.

원래 향적사는 정토종의 본산이었다. 하지만 정토종의 초조는 향적사를 모른다. 향적사가 세워지기 훨씬 전인 동진(東晉) 시대의 승려였던 혜원 대사(慧遠大師)가 조사인 까닭이었다.

향적사에는 정토종의 중조(中祖)인 선도 대사를 기린 선도 대탑이 있지만 정작 선도 대사가 오래 머문 곳은 남전(藍田) 오진사(悟眞寺)였다. 이래저래 향적사는 조사와 인연이 없으면서 정토종의 본산이 된 별난 곳이었다.

　선도 대사가 자신과 특별한 인연도 없는 향적사를 정토종의 본산으로 만든 이유는 전혀 세상에 알려지지 않은 수수께끼였다.

　만영 주지가 조용하게 말했다.

　"혜원 조사의 뜻이 우리 선도 조사에 이르러 꽃피었습니다. 태사숙조, 아직 그분을 기억하십니까?"

　힘을 모으면서 듣고 있던 영사는 모골이 송연해질 정도로 놀랐다.

　선도 대사는 당나라 때 사람이다. 근 오백 년 전의 인물이니 지금 세상에는 그를 직접 보았으면서도 아직 살아 있는 사람이 있을 수가 없었다.

　장로가 나직하게 한숨을 쉬면서 말했다.

　"어찌 그분을 잊을 수가 있겠느냐? 나는… 그분을 흠모하고 또한 원망한다."

　두 사람의 목소리가 점점 작아지더니 영사가 공력을 끌어올려도 들을 수 없게 되었다.

　그리고 보니 어느새 삼호장의 몸에서는 더 이상 기운이 뿜어져 나오지 않았고 문틈으로 빨려가는 것도 없었다.

　다만 남아 있던 일부가 영사의 호흡을 통해서 흡수되고 있었다.

　영사는 몸을 일으켰다. 손은 여전히 묶여 있었지만 막혔던 혈도는 모두 타통되었다.

　영사의 몸에 눌려 있던 배길음이 정신을 차리고 말했다.

　"각하! 괜찮으십니까?"

　영사는 그의 음성에서 이미 대부분의 원기를 잃어버렸음을 알 수 있었다.

　영사는 대답하지 않은 채 몸을 공중으로 튕겨서 바닥에 내려섰다. 공력이 아주 많이 늘었다. 원래 가졌던 것의 세 배에 가까웠다. 실제로 그럴 리는 없지만 몸이 마치 깃털처럼 가벼워진 느낌이었다.

　배길음이 말했다.

　"각하! 다행입니다. 각하께선 무사하시군요."

　배길음의 음성에 간교함이 느껴졌다.

　영사가 말했다.

　"천호장과 지호장에게 그냥 말하세요. 그런 방법으로 상황을 알려주지 않아도 됩니다."

　배길음은 뼈가 등을 찔러시 숨을 쉬기도 불편한 상황이었다. 하지만 영사의 말을 듣고 나서 부끄러워 얼굴이 벌게졌다.

　한편으로는 영사의 말투가 변한 듯하여 물었다.

"각하! 왜 속하에게 존칭을 사용하십니까?"

영사가 건조한 음성으로 말했다.

"당신들은 사룡주의 수하지 않습니까? 나를 체포할 수도 있는."

사룡주 필운은 영사에게 지휘권을 넘겼었다. 그랬으니 천지인 삼호장은 비록 사룡대에 속했다 하더라도 영사의 지휘에 복종했어야 한다. 직급이 높기에 따라주는 것이 아니라 그렇게 하도록 정해져 있었던 것이다.

배길음이 급히 말했다.

"각하! 오해이십니다. 속하들은 단지 그럴 땐 그렇게 대처해야 한다는 명을 받았을 뿐입니다. 이는 황제 폐하께서 내리신 명이라 사사로움이 없습니다. 또한 혐의가 풀린다면 저희가 마땅히 사죄하고… 헉!"

영사가 배길음의 이마에 손을 얹었다.

배길음은 놀라서 입을 다물었다.

영사가 말했다.

"당신도 법대로 다 하면서 살지 않았겠지요? 앞으로도 그럴 테고, 하지만 당신한테 유리할 때는 황제의 명과 법을 고집했겠지요. 앞으로도 그럴 테고."

배길음은 몸을 부르르 떨었다.

'앞으로도 그럴 테고' 하면서 반복되는 말은 앞으로는 그렇게 하지 못하게 만들고 말겠다는 의지가 들어 있는 듯했다.

"각, 각하!"

배길음이 다급하게 외쳤다.

영사는 배길음의 아혈(啞穴)을 막아버리면서 말했다.

"잠시 생각하세요. 시세를 아는 자가 준걸이라지요. 당신이 살려면 어떻게 해야 할지 생각했다가 아혈이 풀리면 말하세요. 당신이 죽고 사는 것은 그때 결정됩니다, 당신 말에 따라서."

배길음은 푸른 인광들 속에서 번득이는 영사의 눈을 보고 공포에 질려 버렸다. 말로 형언할 수 없는 살기가 영사의 눈에 어려 있었다.

자기도 모르게 다리를 푸들푸들 떨었다.

요성면과 오덕손은 그때 정신을 차리는 중이었다. 인광이 반사되어 눈 속에서 푸른 불을 뿜는 듯한 영사를 보고 그들은 놀라서 비명을 질렀다.

"헉!"

영사가 웃음을 지었다. 하얀 이가 드러나니 더욱 잔인하고 무서운 모습이 되었다.

영사가 말했다.

"당신들도 준비가 됐습니까?"

요성면이 말했다.

"무, 무엇을 말이오?"

영사는 요성면의 이마를 손바닥으로 짚었다. 진땀이 흘러 찐득거렸다.

요성면이 눈을 부릅떴다.

영사가 말했다.

"나는 일찍이 맹세한 것이 있습니다. 나를 힘과 권위로 억압하려는 자는 반드시 죽여 버리겠다고."

요성면은 영사의 눈을 바로 쏘아보았지만 오히려 진저리쳤다. 기묘한 살기가 영사의 눈에서 퍼져 나와 사방을 압도하는 듯했다.

"당신은 나의 대기(大忌:금기, 역린)를 범했습니다. 살고 싶습니까?"

"제기랄……."

하고 중얼거리며 요성면은 눈을 감아버렸다. 의외로 체념이 빨랐다.

오덕손이 말했다.

"각하! 적이 눈앞에 있습니다. 저희를 벌하시려는 마음은 익히 알겠사오나 먼저 적을 상대하는 것이 우선입니다. 통촉하소서."

영사가 피식 웃었다.

"적을 앞에 두고 동료를 치는 이 법은 내가 당신들한테 배운 것입니다.”

오덕손은 입을 다물었다.

영사가 말했다.

“더불어 나는 동료를 팔아서 적과 거래하는 방법도 있을 수 있다는 사실을 알았습니다.”

오덕손이 몸을 떨면서 말했다.

“각하! 각하는 설마 우리를 저 요승에게 넘길 생각입니까?”

영사는 요성면의 이마에서 손을 떼며 냉정하게 말했다.

“이로써 나는 당신들이 내게 씌웠던 혐의가 확신없이 이루어졌던 것임을 알았습니다. 내가 역도들과 한 무리라는 확신이 있었다면 상황이 바뀐 순간에 죽음을 각오해야지, 같은 편인 양 하며 나를 이용할 생각을 할 리가 없었겠지요.”

요성면이 눈을 뜨면서 말했다.

“무슨 말이 그리 많소? 죽이고 싶으면 죽이시오.”

영사는 요성면의 아혈을 짚어 말문을 막아버렸다.

오덕손이 말했다.

“각하, 저희 삼호장이 대단하지는 않으나 중요한 직책입니다. 모두 죽는다면 황제 폐하께서 반드시…….”

영사는 나직하게 한숨을 쉬었다.

“당신은 살 기회를 잃었습니다.”

오덕손의 몸이 굳어졌다.

영사가 말했다.

"당신들은 당신들이 충성하는 척했던 사룡주의 안위는 이 순간에 한마디도 하지 않았습니다."

"아! 그것은!"

하고 오덕손이 소리쳤다.

영사가 오덕손의 이마를 누르면서 말했다.

"그것은 당신들이 살아날 길이었습니다. 하지만 내가 말을 꺼낼 때까지 당신은 전혀 염두에 두지 않았으니 이제 도리가 없습니다."

오덕손이 떨면서 말했다.

"왜 나만 죽이려 하십니까, 각하?"

영사가 말했다.

"당신은 비겁하기 때문입니다. 딴마음을 먹고 있는 사람이 확실하겠지요. 아니라면 저 단순하고 고집스러운 지호장을 부추기고 상황을 이렇게 만들었을 까닭이 없을 테니까."

"저는, 저는 단지……."

오덕손이 변명하려했다.

영사가 말했다.

"머리를 좀 썼겠지요. 어쩌면 사룡주의 적이 파견한 간세일 수도 있을 테고."

오덕손은 놀라서 입을 딱 벌렸다.

영사가 그의 아혈을 짚으며 말했다.

"생각해 보세요, 어떻게 죽고 싶은지. 그렇게 죽기를 원한다면 내게 어떤 말을 해야 할 것인지도. 나는……."

하고 영사는 웃었다.

"복수를 위해서는 사용해 보고 싶은 수단이 많습니다. 복수는… 아주 멋지지 않습니까?"

오덕손은 입을 다물지도 못하고 덜덜 떨었다.

영사는 오덕손의 입을 손등으로 쳐서 닫아버리고 석문을 향해 걸어갔다. 왼쪽 허리에 걸려 있던 보검 검군이 웅웅거리는 소리를 냈다.

장로(長老) 악심(惡心)

영사는 심호흡을 크게 한 번 한 후에 석문에 손을 댔다.

내력을 주입해서 옆으로 밀자 문은 쉽게 열렸다.

순간 검은 구름 같은 것이 영사를 덮쳐 왔다.

영사는 조용히 검을 뽑아서 양단해 버렸다.

푸른 검광이 번쩍 하는 순간에 퍽! 하면서 검은 구름은 흩어졌다.

영사는 눈을 예리하게 하여 전면을 주시했다.

뒤에서 석문이 쿵! 소리를 내며 닫혔다.

그곳은 아주 이상했다. 거대한 종유석 동굴이었는데 검고 깊은 골짜기가 내부를 가로지르고 있었으며 그 건너편에는 큰 석주 사이에 두 사람이 마주 앉아 있었다. 한 사람은 폭이 한 뼘이나 되는 황금색 띠로 이루어진 둥근 원에 갇혀 있었으며 그 밖으로 가부좌를 하고 앉아 있는 사람은 만영 주지였다.

도깨비불 같은 것이 동굴 안을 빙빙 돌며 날아다니는가 하면 크고 검은 공 같이 생긴 것들도 둥둥 떠다녔다.

영사는 자기를 향해 날아오는 검은 공을 베어내며 만영 주지가 있는 쪽으로 걸어갔다.

만영 주지는 손에 작은 방울을 든 채 입술을 쉬지 않고 움직이는 중이었다. 그러나 소리는 나지 않았다.

마주 앉은 괴인은 머리카락이 땅을 파고 들어가 있었으며 깡말랐고 눈은 번갯불 같았다. 하지만 몸이 칠흑 같은 검은 색이라 나이와 성별조차 구분하기가 어려웠다.

영사는 깊지만 좁은 골짜기를 훌쩍 뛰어넘으며 검을 앞에 세웠다.

만영 주지의 전신에는 땀이 비 오듯이 흐르고 있었다.

괴인이 흉포한 눈빛을 발하며 영사를 쏘아보았다.

"네가 그놈이냐?"

괴인이 말했다. 영사가 바깥에서 들었던 그 이상한 음성이었다.

영사가 말했다.

"당신이 장로입니까?"

괴인이 고개를 끄덕이며 말했다.

"그렇다. 내가 바로 장로 악심(惡心)이다."

아무리 법명이라지만 사람 이름을 악심(惡心)이라고 지었을까?

영사는 괴인이 자신의 이름을 부를 때 그 이름을 몹시 사랑하는 듯이 말하는 것을 보고 이 괴인은 진짜 악으로 뭉친 사람 같다는 느낌을 받았다.

영사는 검을 늘어뜨리고 그 앞에 선 채 말했다.

"마귀 같군요."

"아마 그럴 거야. 잘 보았다."

악심이 입을 벌리며 웃었다.

"네가 보고 있는 건 마귀야. 두렵지 않느냐?"

사악한 음성은 뼈를 삭이고도 남을 듯했다.

영사는 얼굴을 찌푸리며 말했다.

"주지스님은 어떻게 했습니까?"

악심이 말했다.

"벌을 주는 중이다. 내게 하지 말아야 될 말까지 했으니까."

영사가 말했다.

"당신한테 좋은 소릴 한 모양이군요."

"크하하하하!"

악심이 기뻐하며 웃었다.

"너는 어찌 아느냐? 나는 나를 해치려는 자는 좋아하고 나를 이롭게 하려는 자는 미워한다."

영사가 함께 웃으며 말했다.

"자기가 미운 사람이면 마땅히 그렇겠지요."

"너는 나를 아는 구나!"

악심은 손뼉을 치고 껄껄 웃었다.

"정말 나를 아는구나!"

"주지스님을 풀어주세요. 제가 부탁하는 두 분도 치료해 주세요."

하고 영사가 말했다.

악심이 입을 헤벌쭉 벌리고 웃는 얼굴로 말했다.

"내가 왜?"

영사는 악심의 눈을 들여다보면서 말했다.

"오래 사셨군요."

악심이 고개를 끄덕였다.

영사가 말했다.

"늘 이렇게 살았겠지요? 이유가 없으면 하지 않고."

악심이 또 고개를 끄덕였다.

영사가 말했다.

"그럼 이번엔 그냥 한번 해보세요."

"응?"

악심이 놀란 표정을 지었다.

영사가 검을 뽑고 악심의 목에 겨누며 말했다.

"인과에 얽매여서 살았지만 벗어나지 못했잖아요. 마음이 시키는 대로 하지 말고 그 고리를 끊고 움직여 보세요."

악심이 입을 크게 벌렸다.

"너는……."

영사는 차분한 눈으로 악심의 목에 검을 붙였다.

"저는 두 사람을 봤습니다. 당신도 그들처럼 이상한 사람일 뿐이에요. 오래 살았다 해도 다를 게 없어요."

악심이 물었다.

"어떤 사람들이냐?"

영사가 말했다.

"이상한 사람들이죠, 마치 당신처럼. 특별한 능력을 타고난 것 같았어요."

"으하하하하하!"

악심이 광소를 터뜨렸다.

하지만 영사는 빙긋 미소를 지었다. 악심의 웃음소리는 사자후를 방불케 할 정도의 위력이 있었지만 영사는 사자후를 견딜 수 있는 수련을 충분히 했기 때문이었다.

악심이 싱글벙글 웃으며 말했다.

"너도 다른 걸? 나와 같으냐?"

영사가 말했다.

"어쩌면, 비슷하기는 하겠지요."

악심이 말했다.

"네 말을 들어주마. 만영의 말이 맞았어. 친구들도 치료해 주도록 하지."

"제가 해야 할 것은 뭡니까?"

영사가 물었다.

악심은 영사의 검을 손가락 끝으로 잡고 옆으로 밀었다.

"나를 죽여준다고 약속해라."

영사가 말했다.

"지금은 죽일 수 없을 것 같습니다."

악심이 고개를 끄덕였다.

"아직은 그렇겠지. 하지만 뒤에는 가능할 거야. 만영, 그 둘을 데려와라."

만영 주지가 숨을 길게 내쉬었다.

"잘 생각하셨습니다, 태사숙조. 이로써 우리 향적사는 그들에게 진 오래된 빚을 갚을 수 있게 되었습니다."

악심이 말했다.

"만영, 공력이 더 높아졌구나. 하여간 그런 건 내 알 바 아니다. 그들을 데려와라. 그동안 나는 이 아이와 할 말이 있다."

만영 주지는 빙그레 웃으며 일어났다.

"귀인께서 지니신 재주가 놀랍군."

영사는 검을 거두며 말했다.

"힘써주셔서 고맙습니다."

만영 주지는 몸을 꼿꼿이 세우고 물었다.

"귀인이 익힌 것은 혹시 심술(心術)인가?"

방금 전에 영사가 악심에게 했던 말을 두고 하는 말이었다.

영사가 머리를 저었다.

"모릅니다. 요술을 하시는 분께 배웠으니 어쩌면 심술일 수도 있습니다."

영사는 그렇게 마음을 쓰는 법에 관해서는 칠각단의 유월성에게 배웠다.

요술이라는 것은 원래 사람의 마음을 이리저리 끌어놓은 다음에 엉뚱하게 속이는 것이기 때문에 그런 재주가 필요하겠거니 했다.

정작 그것이 크게 쓰일 수도 있겠다고 느낀 것은 연극을 할 때였다. 기녀 원원에게 배웠던 것과 유월성의 가르침이 서로

조화를 이루면서 영사는 주변을 조금씩 조종할 수 있게 되어
갔던 것이다.

만영 주지가 합장하며 말했다.

"시주는 인연의 복을 간직한 사람인 모양이네. 그 재주는
아마도 춘추시대의 성인(聖人) 관이오(管夷吾)께서 전하신 것
인 듯하네."

관이오는 관자(管子)다. 관포지교(管鮑之交)의 고사로 유명
한 관중(管仲)과 포숙아(鮑叔牙) 중에서 관중이 바로 관이오
였다. 제(齊) 환공(桓公)이 죽을 때에서야 그의 가치를 온전
히 알고 '이오는 성인(聖人)이셨던가?' 하고 말했던 사람이었
다.

관이오는 살아 있을 때 임금을 천하를 제패한 패자(覇者)
로 만들었고 나라를 부강하게 하고 백성을 윤택하게 만들었
다. 백여 년 후에 대성인(大聖人)이라는 공자가 그토록 만들
려고 했지만 하지 못했던 이상적인 나라를 그는 먼저 이루었
다.

영사가 말했다.

"관자(管子:관이오)가 성인이라는 말은 처음 듣습니다."

악심이 역정을 내며 손을 흔들었다.

“그럼 부처라 해주지. 만영! 너는 어서 가지 않느냐?”

만영이 웃으면서 석문을 열고 나가 버렸다.

악심은 손가락으로 자기 앞의 땅을 가리켰다. 영사에게 앉으라는 뜻이었다.

영사가 앉자 악심이 말했다.

“이오는 진짜였어. 말만 많고 이루지 못한 자와는 달라.”

영사가 말했다.

“성인도 가짜 성인이 있는 모양이군요.”

악심이 시꺼먼 입을 벌리고 웃으면서 말했다.

“어디에나 가짜는 있지.”

뜻밖의 말이었다.

영사는 머리카락이 곤두서는 느낌을 받았다. 악심은 위지결이 했던 말과 똑같은 소리를 하고 있는 것이었다.

악심이 말했다.

“행하지 못했으면 완전한 가짜고, 행하기는 했으나 이루지 못했으면 그저 위인(偉人)일 따름이고, 마침내 이루었으면 진짜지. 진인(眞人)이고 성인(聖人)이야. 부처지.”

영사가 물었다.

“가짜는 누구입니까?”

“너무 많아!”

악심이 거칠게 말했다.

"진짜가 드물어. 요즘 주절대고 읊어대며 왈왈거리는 것들도 다 거짓이야. 다행하게 말이야 옳지만……! 진짜, 가짜들도 말은 다 옳아."

영사는 속이 후련해지는 기분이었다. 머리를 끄덕이며 말했다.

"그동안 책을 읽을 때 들었던 의문들이 일시에 정리되었습니다. 선비들이 글을 읽은 후에 벼슬하려고 안간힘을 다 쓰는 것도 가짜가 되지 않기 위해서였다는 걸 알겠습니다."

악심이 입을 크게 벌리고 소리없이 웃었다.

영사가 물었다.

"성인은 원래 태어나는 것입니까? 아니면 살면서 이루는 경지 같은 것인가요?"

악심이 씨익 웃으며 말했다.

"악심(惡心) 같은 것이다. 사람은 모두 같다. 일찍 마음을 발견하고 그 마음의 고삐를 잡아서 부릴 수 있는 자는 작게는 위인이 되고 크게는 성인이 되지. 하지만 자기가 뭔지에 따라서 방법은 서로 달라야 한다."

"악심 같은 것이라는 의미는 모르겠습니다."

하고 영사가 말했다

악심이 말했다.

"바로 나 같은 것이라는 말이다. 너는 나를 아느냐?"

영사가 대답했다.

"다른 사람이라는 것만 압니다."

악심이 웃으며 말했다.

"너는 나를 알아야 한다. 내가 네 부탁을 들어주는 이유도 여기에 있으니까. 내 부탁을 들어주려면 먼저 나를 알아야 한다."

악심이 영사에게 했던 부탁은 자기를 죽여달라는 것이었다.

이상한 부탁이기는 했지만 이상한 사람이니 그다지 이상하게 여겨지지는 않았다.

영사는 묵묵히 악심을 보았다.

악심의 몸은 칠흑같이 새까맣고 이빨은 희었다. 깡마른 몸은 철을 구워 만든 것 같은 느낌마저 들었다.

영사가 말했다.

"한 사람을 온전하게 안다는 것은 불가능할 테지요. 간단히 말씀해 주십시오."

악심이 속삭이듯 말했다.

"나는 부처다."

영사는 악심을 다시 보았다.

악심의 눈에서는 뇌전 같은 빛이 흘렀다.

악심이 다시 말했다.

“나는 부처다. 다른 길로 가서 나를 희생하여 도를 이루었다. 하여 나는 악(惡)한 부처가 되었다.”

사악한 듯한 음성이고 심장을 긁어대는 듯한 음성이었지만 악심의 말에는 숭고함마저 느껴졌다.

“나는 부처의 반면증거(反面證據)였으나 부처가 되었다. 그래서 내가 있는 향적사가 정토종의 본산이 되었다.”

영사는 속에서 입이 벌어질 정도로 놀랐다. 악심 장로의 말이 놀랍기 그지없었으나 터무니없는 말이 아닌 것 같았기 때문이었다.

악심이 물었다.

“너는 내가 몇 년을 살아왔는지 아느냐?”

영사는 머리를 흔들었다. 도저히 그의 나이는 짐작할 수도 없었다. 석문 바깥에서 들었을 때 악심은 선도 대사를 직접 만나 아는 듯했다. 그렇다면 적게 잡아도 수백 살이었다.

악심이 말했다.

“나는 몇 해가 지나면 오백 살이 된다. 내 사부셨던 선도께서 나보다 열 살이 더 많으셨으니 아마 삼 년 후면 내가 오백 살이 될 거야.”

영사는 가슴을 쓸어내리며 말했다.

“장로께선 그렇게 늙지 않은 것처럼 보입니다.”

악심 장로가 말했다.

"긴 인생… 그저 긴 꿈에 불과하지. 같이 잠자리에 들어도 짧은 꿈을 꾸는 사람과 긴 꿈을 꾸는 사람이 있는 것처럼, 나는 긴 꿈을 꾸는 사람일 뿐이야. 영원히 깨지 않을 꿈을."

"부처가 되었기 때문입니까?"

하고 영사가 물었다.

악심 장로가 머리를 흔들었다.

"부처의 반면증거가 되는 길을 걸어서 부처가 되었기 때문이다. 바른 길로 이른 부처는 살려면 살고 죽으려면 죽을 수 있다. 석가여래가 그랬듯이. 하지만 나는 살 수는 있어도 죽을 수는 없다."

영사가 물었다.

"부처의 반면증거는 무엇입니까?"

악심 장로가 잠시 입을 다물고 천장을 쏘아보며 눈으로 줄기줄기 광망을 뿜어냈다. 그리곤 눈을 감으며 중얼거리듯이 말했다.

"악한 마음[惡心]이지."

영사는 그의 몸이 조금 떨리는 것을 느꼈다.

"해탈(解脫)한 아수라(阿修羅)!"

하고 말하며 악심 장로는 눈을 떴다.

"그게 바로 네가 죽여야 할 나다."

영사는 곰곰이 생각하다가 말했다.

"어떻게 해야 죽일 수 있습니까?"

악심 장로가 손을 흔들었다.

"그건 네가 알아내야 할 일이다. 나는 원래 네가 치료를
부탁한 그 두 놈에게 기대를 걸고 있었다. 그놈들도 네가 말
한 다른 사람들이니까. 하지만 너를 보는 순간에 알았다, 나
는 너로 인해 죽게 될 거라는 것을. 너는… 아마 나 외에도
죽을 것 같지 않던 사람을 죽음으로 이끈 적이 있을 것이
다."

사부 우전이다!

사부 우전의 죽음에 대해서 영사는 자기가 책임이 있었을
거라고 생각해 왔다.

영사는 다시 머릿속에서 찬바람이 일어나는 것을 느꼈
다.

어쩌면 자기는 직책만이 염왕사자가 아니라 정말 운명적
으로 염왕(閻王)과 이어져 있을지도 모른다는 생각조차 들었
다.

석문 바깥에서는 만영 주지가 필운과 희겸을 데려와 기다
리고 있었다.

영사는 악심 장로가 나가라고 손짓을 했지만 금방 나가지
않고 한 가지를 더 물었다.

"〈다른 사람〉들이 세상에는 많습니까?"

악심 장로가 한 번 더 손을 내저었다.

"많지 않다. 그 숫자는 홍씨(洪氏)가 알고 있었다."

영사는 석문 밖으로 나왔다.

만영 주지가 겨드랑이 양쪽에 각각 희겸과 필운을 낀 채 서 있었다.

"귀인께선 여기서 기다리게."

만영 주지는 말을 하면서 안으로 들어갔다가 금방 밖으로 나왔다.

석문이 닫힌 후에 만영 주지는 합장을 하고 불호를 나직하게 외웠다.

"아미타불. 이제 함께 나가세."

영사는 둘러보았지만 삼호장의 모습은 볼 수가 없었다.

만영 주지를 돌아보자 그가 말했다.

"가는 길에 절에 가져다 놓았네."

영사가 말했다.

"스님, 왜 그들에게 순순히 붙잡히라고 했습니까?"

만영 주지가 영사의 손을 끌고 나가면서 말했다.

"귀인께서 그들을 죽일 것 같아서였네. 피냄새를 풍기기에는 너무 가까웠으니까. 아까 석문 밖에서도 누가 피를 좀 흘린 것 같았네. 그 냄새 때문에 소승이 곤욕을 치렀지."

영사가 물었다.

"피냄새가 그분을 자극하기 때문입니까?"

만영은 빙그레 웃고 대답하지 않았다.

제59장

아침의 심판(審判)

영사가 절로 돌아가자 의승 담번이 보고 기뻐했다. 아미타불이라는 불호를 연신 외우면서 무사히 돌아온 것을 반겼다.

영사는 전령들을 만나서 보고를 들었다. 사룡대의 피해 상황이 만만치 않았다. 추적 도중에 정체를 알 수 없는 자들이 나타나 사룡대를 기습하는 바람에 죽은 자가 많았다.

"추적을 중단하시오."

하고 영사는 명령을 내렸다.

적들이 배를 타고 유유히 떠난 것도 동조자가 있기 때문이었을 것이다. 사문의 행사는 이런 식이고, 향적사의 경우에서 본 것처럼 사문의 제자들은 어디에나 숨어 있다.

사문을 추적한다면 차라리 아무 문파 하나를 두고서 그중에서 의심 가는 자를 추려내는 것이 더 빠를지도 모른다.

영사는 돌아가는 네 전령의 등을 보면서, 그들 중에도 사문의 제자가 있을 수도 있다고 생각했다. 추적을 중단하는 조치가 나오지 않을 수 없게 만드는 것으로는 역습만으로 충분하지 않기 때문이었다. 최소한 추적자가 누구고 어디에 있는지는 알아야 역습도 가능했을 테니까.

영사는 만영 주지가 정해준 선방에 혼자 앉아서 생각에 잠겼다. 사문의 일부가 사문에 반란을 일으킨 것처럼, 사문의 다른 일부는 나라를 바꾸려는 생각을 가졌을 수도 있다. 사문은 그럴 만한 힘을 가지고 있다.

사문의 존재는 알면 알수록 더 거대하게 느껴졌다. 영사는 자기가 느끼는 이것조차도 빙산의 일각에 지나지 않을 수 있다고 생각했다.

세상을 지배하는 것은, 최소한 강호를 지배하는 것은 보이지도 않는 사문이다. 어쩌면 강호 전체가 사문이라는 말로 결속되어 있는 하나의 집단일지도 몰랐다.

영사는 생각을 그쳤다. 더 이상 생각하면 생각이 생각을 지어낼 것 같았기 때문이다.

열린 창문 밖으로 고개를 내밀었다.

동이 터오고 있었다.

영사는 당간(幢竿)에 올라가 아침 해를 맞았다.

여름날 아침은 사방이 동시에 밝아오다가 갑자기 흰 쟁반 같은 해가 쑥 올라오는데, 이럴 때면 세상의 빛이 한순간에 주황색으로 바뀌었다가 점차 희게 된다.

이때의 느낌은 높은 곳에 올라가 있을 때면 더욱 생생하게 느낄 수 있다. 말로 표현하기는 어렵지만 그것은 물에 놓인 풍선이 갑자기 위로 쑥 솟구치는 것과 비슷하다. 해가 올라오는 것이 아니라 자기 몸이 그렇게 쑥 떠오르는 것같이 느껴지는 것이다.

영사는 두 팔을 벌리고 턱을 높여서 하늘 가운데를 보았다. 찰나 평형감각의 교란이 일어나고, 몸은 그대로 있는 데 하늘이 영사를 중심으로 뱅뱅 맴돌기 시작했다.

아찔함이 맥박 뛰듯이 반복되는 사이마다 찾아오는 극렬한 짜릿함!

이 순간 영사는 정신의 모든 것을 태워서 빛의 아름다움과 하나가 되고 만다.

영사는 천천히 고개를 바로 했다.

어쩌면 이때 느끼는, 알알이 터지는 이 희열의 자지러짐은 화연이 말하는 색녀들에게서 얻을 수 있는 것보다 더 강렬할 것이라고 영사는 생각했다.

세상이 늘 즐거운 것은 아니지만 영사는 아름다움이 뭔지를 알기 때문에 어디서나 기뻐할 수는 있었다.

당간을 내려가서 영사는 독경 소리며 아침 준비로 바쁜 승려들 사이를 걸어 삼호장을 넣어놓은 방으로 갔다.

그들은 영사가 들어가자 화들짝 놀란 표정을 지었지만 누운 채 일어나지는 못했다. 여전히 혈도가 제압되어 있었다.

영사는 제일 먼저 인호장 배길음의 이마에 손을 얹으며 그의 아혈을 풀었다. 배길음은 아혈이 풀리자 오히려 더 두려워했다. 다물고 있는 입술이 풀풀 떨렸다.

영사가 말했다.

"준비했던 말을 하세요."

배길음은 영사의 눈치를 살피며 입을 열지 못했다.

영사는 더 이상 그를 신경 쓰지 않고 요성면의 아혈을 풀어주었다.

요성면이 말했다.

"깨끗이 죽이시오. 귀하도 좋게 죽진 못힐 테니까."

영사는 머리를 흔들었다.

"당신은 이리 같은 놈인데 깨끗하게 죽기를 바랍니까?"

요성면은 눈을 부릅뜨고 노려보다가 고개를 돌려 버렸다.

영사는 마지막으로 오덕손의 아혈을 풀어주고 말했다.

"방법을 정했습니까?"

죽을 방법을 묻고 있었다.

오덕손은 새까맣게 타들어가는 얼굴로 입술을 몇 번 꿈틀거린 후에 말했다.

"각, 각하! 속, 속하는… 구법당(舊法黨)입니다."

순간 사면이 조용해진 것 같았다.

요성면과 배길음이 눈을 크게 뜨고 오덕손을 보았다.

구법당은 왕(王) 재상의 신법당(新法黨)에 대항하고 있었다. 조정에서는 물론이고 지방에서조차도 관리들은 신법당 아니면 구법당으로 나눠져 있다고 해도 과언이 아니었다.

하지만 사룡대의 대주인 사룡주 필운이 신법당이기 때문에 그의 부하들 중에서 신법당이 아닌 자는 한 명도 없었다.

한데 필운의 오른팔 격인 오덕손이 구법당이었다는 것은 놀랍기 짝이 없는 소리였다.

오덕손은 그들의 눈은 아랑곳하지 않고 참담한 표정으로 말했다.

"이미 정체를 밝혔으니 풀어주신다면 원래 자리로 돌아가겠습니다."

관계(官界:관리들의 세계)란 원래 이런 것이다. 반대파에 첩자로 들어갔더라도 반대파라는 것이 밝혀지면 대체로 원래대로 돌아가는 것으로 상황은 끝이 난다. 그 후의 문제는 양파의 수뇌가 서로 거래하여 해결 짓게 된다.

직접 징계하는 것은 관례에 어긋난다. 반대파는 서로 해치려 하는 것이 당연한데다가 상대방도 황제의 신하기 때문에 황제의 권위와 이름을 빌지 않고는 사사로이 벌할 수 없기 때문이다.

대신 한 번 이 바람이 거세게 불기 시작하면 한 사람으로 그치는 것이 아니라 한쪽 편은 추풍낙엽처럼 우수수 나가떨어지게 되기도 한다.

오덕손은 영사를 올려다본 후 다시 고개를 떨어뜨리고 말했다.

"하문하실 게 있으면 하십시오."

"개놈 새끼!"

요성면이 소리쳤다.

오덕손이 한숨을 쉬면서 말했다.

"실컷 욕하게. 나는 돌아가면 아마 변방의 한직에서 평생을 보내야 할 테니까. 공력도 대부분 잃어버렸으니 변방에서 노 요식은 어림도 없을 것이고."

요성면이 말했다.

"너 개새끼, 그럼 칠룡주 각하와 우리 사룡주 각하를 이간질하려고."

오덕손이 순순히 대답했다.

"그런 생각이었지. 자네와 인호장이 칠룡주 각하를 그 정도로 몰아갈 줄은 예상치 못했지만."

요성면이 영사를 보고 소리쳤다.

"각하!"

영사는 요성면의 아혈을 쳐서 입을 막아버렸다. 무슨 말을 할지는 몰라도 요성면의 입은 말해야 할 때와 아닐 때를 분간 못한다. 해야 할 말과 아닌 말을 분간 못하는 것이 분명하다.

요성면은 눈을 부릅뜨고 숨만 씩씩거렸다.

영사는 오덕손에게 머리를 흔들며 말했다.

"나는 사룡주가 당신 정체를 몰랐을 거라고 생각지 않습니다. 사룡주는… 당신보다 훨씬 치밀하지요. 지나칠 정도로."

오덕손은 그럴 리가 하는 표정을 지었다.

영사가 말했다.

"하여간 나한테는 당신이 신법당이냐 구법당이냐는 상관없습니다."

"각하, 그럼!"

오덕손이 놀라며 소리쳤다.

영사가 조용히 말했다.

"나는 말을 함부로 하지 않습니다. 그러면 제 몸이 많이 바

빠질 것이기 때문입니다."

오덕손과 배길음은 의아한 표정을 지었다.

영사가 말했다.

"말한 바는 반드시 지켜야 하니까요."

"각하!"

오덕손이 비명처럼 외쳤다.

영사는 차갑게 말했다.

"나는 도(道)를 구하는 사람은 아닙니다. 하지만 굳이 도를 빌어서 말한다면, 제 도는 약속과 맹세로 이루어가는 도입니다."

오덕손이 벌벌 떨면서 말했다.

"저는 황제 폐하의 신하입니다."

영사는 황금패를 만지며 머리를 저었다.

"나는 황제의 신하를 처단할 권한이 있습니다."

오덕손은 더욱 참담한 표정으로 말했다.

"제게는 노모와 처자식이 있습니다."

영사가 말했다.

"그렇다면 더 근신(謹愼:삼가하고 조심함)했어야 하는군요."

오덕손은 절망으로 눈이 움푹 꺼졌다. 눈앞에 아무것도 보이지 않았다.

오덕손은 떨면서 말했다.

"각하! 각하께선 피도 눈물도 없… 아니, 노모와 처자도 없습니까?"

영사가 머리를 흔들었다.

"아무도 없습니다. 나는 고아고 거지였습니다."

오덕손은 허탈한 심정으로 입을 벌리고 있다가 말했다.

"각하, 각하께선 잘 모르시나 본데… 원래 이렇게 처리하는 법이 아닙니다. 하문하신 후에 저를 풀어주고……."

영사가 말했다.

"죽는 방법을 그렇게 선택했다면 그렇게 하겠습니다. 풀어주지요."

"각하!"

오덕손의 얼굴이 환히 밝아졌다.

영사는 손바닥으로 그의 혈도를 쳐서 기운이 통하게 하며 말했다.

"도망치세요. 나는 당신이 향적사의 경계 밖으로 나간 후에 죽이겠습니다."

"그런, 그런……."

오덕손은 비틀거리며 일어났다.

영사가 차갑게 말했다.

"지금 떠나지 않겠다면 그럴 생각이 없는 줄로 알겠습니다."

오덕손은 고개를 푹 숙인 채 문을 밀고 나갔다. 그런 후에 돌아보며 물었다.

"각하! 내 무기는 어디에 있습니까?"

영사가 묘하게 웃으며 대답했다.

"적에게 지기의 병기를 묻는 장수도 있습니까?"

오덕손은 울컥하여 뭔 말을 하려다가 삼키고 밖으로 나갔다. 억울하다면 억울할 수도 있겠지만 그것이 약육강식의 변모한 형태인 조정에 헌신한 자들의 운명이었다. 벼슬아치라는 것은 원래가 크든 작든 간에 권력의 먹이사슬 속에 들어간 자들이기 때문이다.

영사는 배길음에게 눈을 돌렸다.

배길음의 머리에서는 증기가 피어오르고 있었다. 살아나려면 어떤 말을 해야 할지 고심하는 중이었다.

영사가 물었다.

"어떤 말을 하겠습니까?"

배길음은 두려워했지만 말하지 못했다. 여전히 입을 다물었는데 안색은 하얗게 변해 있었다. 머리에는 김이 더 오르고 있었디.

"일각을 기다리겠습니다."

하고 영사가 말했다. 하지만 배길음에게는 그 소리가 들리는 것 같지도 않았다.

영사는 요성면의 아혈을 풀어주었다.

요성면이 한숨을 쉬면서 말했다.

"각하! 죽을죄를 지었습니다. 어떻게 죽이든 달게 받아들이겠습니다."

"흥."

영사는 가볍게 코웃음을 쳤다.

요성면이 말했다.

"하지만 먼저 오덕손 그 개 같은 놈을 죽인 후에 죽을 수 있게 허락하여 주십시오."

영사가 말했다.

"내가 보기엔 이랬다저랬다 하는 당신도 그보다 나을 게 없습니다."

요성면이 버럭 소리쳤다.

"그럼 죽이시오!"

영사는 그의 배에 손을 얹었다.

"제때에 맞는 말도 할 줄 모르고, 힘을 써야 할 곳인지 아닌지 분간하지도 못하고……. 당신은 아무짝에도 쓸모가 없는 사람입니다."

요성면이 노려보며 말했다.

"죽이려면 곱게 죽일 것이지……."

영사는 손에 힘을 주어 그의 단전을 깨뜨려 버렸다.

퍽! 소리가 나면서 요성면의 눈이 까뒤집어 졌다. 남아 있던 공력도 깨어진 질그릇에서 물이 새어나가듯이 흩어져 버렸다. 다시는 무공을 수련할 수도 없을 뿐만 아니라 어디 가서 병신노릇이라도 잘 할 수 있으면 다행인 몸이 되어버린 것이었다.

요성면이 잠시 정신을 잃었다가 눈을 뜨면서 말했다.

"용서해 줄 것처럼 뜸을 들이더니……. 빌어먹을……."

영사가 웃으며 말했다.

"그랬다면 성공입니다. 복수의 묘미는 거기에 있으니까. 기대를 품게 해놓고 무너뜨리거나 잊고 있을 때까지 기다려서 뒤를 치는 것이 가장 낫겠더군요."

요성면이 이를 뿌드득 갈고 입을 다물었다.

영사는 그의 혈도를 풀어주었다. 하지만 요성면은 단전이 파괴되어 잘 일어나지도 못했다. 몸을 부들부들 떨면서 악착같이 일어나 겨우 밖으로 나갔다. 그는 원한에 가득한 눈빛으로 영사를 쏘아보는 것을 잊지 않았다.

배길음에게 약조한 일각이 다 되었다.

하지만 배길음은 입을 다물고 눈을 감은 채 가만히 있었다. 체념하고 죽음을 받아들이는 듯한 태도였다. 더 이상 머리에서 김도 오르지 않았다.

영사가 말했다.

"일각이 다 되었습니다."

배길음은 대꾸하지 않았다.

영사가 말했다.

"당신은 살았습니다. 앞으로도 상관이 물어보지 않는 한 확실하지 않은 것을 상관에게 말하지 마세요. 죽을지라도."

배길음은 눈을 크게 떴다.

"각하!"

하고 배길음이 말했다.

영사는 문밖으로 나와 버렸다.

남자에게, 또는 강호인에게 복수는 기쁨 이전에 의무라고 할 수 있었다.

그러나 말과 같이 모든 복수의 결과가 다 즐거울 수는 없는 법이었다. 달콤한 술이 있고 쓴 술이 있는 것처럼, 복수도 받아들이는 사람에 따라서 그 맛이 달라지는 것이었다.

영사는 만영 주지를 찾아갔다. 만영 주지는 아침을 준비해서 영사를 맞으려던 참이었다.

영사를 보더니 만영 주지가 물었다.

"그들은 어떻게 하시었소?"

영사가 대답했다.

"두 사람은 죽게 했습니다."

만영 주지가 불호를 외우고 말했다.

"꼭 그래야만 했었소?"

영사는 웃고 나서 건조한 음성으로 말했다.

"그렇게 하지 않고서야 제 삶이 투명할 수 있겠습니까?"

"아미타불"

만영 주지는 불호를 한 번 더 외웠다.

제60장

영사의 장미꽃과 만영의 아미타불

영사는 태백 위에서 요성면을 내려다보았다.

향적사 산문을 나와 얼마 되지 않은 곳이었다.

요성면은 아름드리나무 옆에 엎드린 채 죽어 있었다. 오른
손에는 목탄(木炭)이 들려 있었고 왼손은 신호로 사용하는 서
찰을 붙잡고 있었다.

영사는 검으로 서찰을 찍어 올렸다. 칠룡주가 반역자들과
내통하고 있으며 그들의 수뇌일지 모른다는 내용과 자기가
칠룡주를 제압하고자 했으나 실패했다는 말이 언적(言的:암
호)으로 적혀 있었다.

영사는 서찰을 가루로 만들어 버렸다. 영사는 애써 후환을 남겨두는 사람이 아니었다. 요성면 같은 자는 억울하겠지만 그가 영사를 만나 잘못 행동한 게 죄라면 죄였다.

그에게는 자기가 후환이 되지 않을 자라고 영사에게 확신시켜 주지 못한 것 역시 죽음을 자초한 행위였다.

영사는 검으로 요성면의 상의를 헤쳐서 등이 드러나게 했다. 요성면의 등에는 울긋불긋한 장미가 피어나 몸 전체로 퍼져 가는 중이었다. 큰 장미꽃이 세 송이였고 거기에서 뻗어나온 줄기들이 온몸을 감고 팔과 하체로도 내려갔다.

영사가 그의 단전을 파괴할 때 사용했던 징벌의 장미였다. 징벌의 장미가 사람 몸에 새겨진 것을 보는 것은 영사도 처음이었다.

영사는 태백의 앞발로 요성면의 몸을 뒤집어서 자세히 살폈다.

단전을 깨뜨리고 심었던 장미는 임맥(任脈)을 타고 천천히 요성면의 심장으로 올라가서 심장을 갈아버렸다.

징벌의 장미는 그것을 펼치는 사람도 심장에서 끌어내지만 당하는 사람에게도 역시 심장으로 들어가는 것이었다. 심장이 터지고 혈관들이 간헐적으로 터지면서 징벌의 장미는 사람의 몸에 문신하듯이 장미꽃과 줄기와 잎, 심지어 가시처럼 보이는 것까지 만들어놓았다.

“아미타불!”

문득 뒤에서 불호 소리가 들려왔다.

영사가 돌아보니 만회 스님이 와 있었다.

“부주께서 우리 향적사를 위난에서 구해주셨다는 말씀을 들었소이다.”

영사는 가볍게 웃으며 말했다.

“대단치 않은 일입니다.”

만회스님이 말했다.

“소승께 시키실 일이 있을 듯합니다.”

영사가 요성면의 시체를 보며 말했다.

“이 사람의 시체를 묻어주면 좋겠습니다.”

만회 스님이 엄숙하게 말했다.

“제 스승께서 묻히신 곳에는 빈자리가 많습니다.”

영사는 갑자기 웃음이 터져 나올 것 같았으나 합장하며 참았다.

만회는 시주할 때 사용하는 커다란 바랑에 요성면의 시체를 구겨 넣었다. 몸이 뻣뻣해져 있던 요성면의 시체는 접힐 때마다 뚝뚝하고 요란한 소리를 냈다. 하지만 다 접어버리고 나니 그 부피가 얼마 되지도 않았다.

만회의 바랑은 그를 다 넣고도 여유가 많았다.

영사가 말했다.

"사람의 몸이 그렇게밖에 안 되는 거였군요."

만회가 합장하며 말했다.

"뭉쳐 놓으면 한 덩어리, 태우고 나면 고작 한 줌인 게 사람이지요."

만회는 영사를 따라와 오덕손의 시체도 돌돌 말아서 바랑에 넣었다. 오덕손도 역시 영사가 펼쳤던 징벌장 때문에 죽었는데 그의 몸에도 장미꽃이 만발해 있었다.

만회가 먼저 돌아간 후에 영사는 향적사로 돌아오면서 징벌장에 대해 곰곰이 생각해 보았지만 그 이치를 다 알 수는 없었다.

고통 속에서 키웠고 사용할 수는 있지만 알 수 없다는 점에서는 마치 어린아이 같은 생명을 속에 품은 것처럼 느껴졌다.

제일 처음에 징벌장을 창안한 사람은 대체 누구였을까 하는 생각도 들었다. 그에 대해서는 사부 우전도 말한 바가 없었다.

영사는 속으로 생각했다.

'징벌장은 세상이 모르는 무공이리 히셨으니 유래와 이치를 설명할 수 있는 사람은 이제 없겠구나.'

영사는 검술이나 장법처럼 그 이치를 징벌장에서도 찾아내어 자기 마음대로 활용할 수 있게 되기를 바랐다. 그럴 수만 있다면 다가올 위지결과의 싸움에서도 최소한 일백 초 내에 패하지는 않을 것 같았다.

오덕손과 요성면의 몸을 빌어서 징벌장을 시험해 본 것은 사실 악심 장로 때문이었다. 영사는 동굴에서 그의 목에 검을 댔으나 자기가 죽일 수 없다는 사실을 알았었다.

금석을 두부처럼 자르는 보검 검군도 악심 장로의 살갗을 베지는 못했었다.

징벌의 장미가 아니더라도 징벌의 장미가 뻗어나가는 모습을 응용하여 영사는 검에 장미꽃을 피울 수가 있었다. 하지만 이것은 검으로는 징벌의 장미를 쓸 수 없기 때문에 노력하다가 그렇게 된 것에 지나지 않았다.

장미의 모습이긴 하지만 그것은 징벌의 장미는 아니었다.

악심 장로의 몸에 징벌의 장미가 통하지 않는다면 영사는 그보다 더 강력한 수단을 가지고 있지 못했다.

세 번째 무덤에서 별의 무공을 얻었지만 그것은 아직 영사가 알고만 있을 뿐 제대로 사용하지 못하는 것이었다. 그 이치들의 일부를 겨우 검으로 구현하는 정도였다. 또 사용한다고 해도 징벌의 장미보다 위력이 더 강할 것이라고는 생각할 수 없었다.

영사는 악심 장로를 누구도 죽일 수가 없고 자기만 죽일 수 있다면 그 이유가 아마 징벌장에 있을 것이라고 느꼈다.

그러나 지금의 징벌장, 자세히 알지도 못하고 쓸 수만 있는 징벌장으로는 불가능할 것 같았다.

악심 장로는 지존보다 훨씬 더 강한 사람일지도 몰랐다. 오백 년 가까이 살아왔고 스스로 부처가 되었다고 말하는 사람이니 그럴 것이라 여겨졌다.

‘그는 가능할까?’

영사는 위지결을 떠올려 보았다.

이상하게도 위지결은 가능할 것 같았다.

영사는 머리를 끄덕이며 중얼거렸다.

“그는 스스로 길을 찾는 사람이니까.”

어쨌거나 세상에는 강자가 너무 많다.

만영 주지만 하더라도 무공으로 이름이 알려지지는 않았지만 예사 고수가 아니었다.

후에 영사는 사십구 인의 절대고수가 절대고수의 숫자가 아니라 무공의 정도를 말하는 하나의 잣대에 지나지 않는다는 사실을 알게 되었지만 그 당시에는 막연하게 세상에 고수가 너무 많다고 생각했다.

영사는 말을 타고 가면서 소매 속에 손을 감추고 움직이면서 징벌장을 미약하게 사용해 보았다. 그때마다 흰 소맷자락에 붉은빛 장미가 크고 작게 나타났다가 사라졌다.

그러나 영사는 향적사로 돌아가지 못했다. 만영 주지가 기다리고 있다가 그를 숲으로 데리고 들어간 까닭이었다.

사람의 발길이 거의 닿지 않은 수풀 속은 여름이라 풀과 가지가 더욱 무성했다. 하지만 만영 주지는 굵은 나뭇가지를 찾아서 방향을 가늠하며 점점 깊은 곳으로 영사를 데려갔다. 그러다 멈추었는데 큰 바위 서너 개가 머리를 맞대고 모여 있으며 주변은 평탄한 풀밭인 곳이었다.

그 앞에 이르러 만영 주지는 귀를 열고 사방을 살핀 후에 영사에게 말했다.

"귀인, 이제 그만 우리를 풀어줄 수 없으시겠는가?"

"전 아직 아는 게 없습니다."

영사가 고개를 숙이며 말했다.

"아미타불"

만영 주지는 영사를 보다가 불호를 한 번 외운 후에 말했다.

"거기 앉으시게. 이 중은 귀인이 관부의 인물만은 아니라는 사실을 짐작하고 있네."

사문의 사람인 줄 안다는 말이었다.

"예."

순순히 시인하고 영사는 작은 바위에 걸터앉았다.

만영 주지는 건너편 바위에 앉으며 대뜸 말했다.

"그럼 귀인께서는 본사의 중들이 왜 아미타불을 입에 달고
다니는지 알고 있으신가?"

"모르겠습니다."

영사가 솔직하게 대답했다.

만영 주지는 나직하게 탄식하며 말했다.

"귀인은 아주 특이한 사람이시네. 지난밤부터 귀인이 들은
말 중에는 한마디로 사람을 짓눌러 놓기에 족할 만큼 무거운
것들이 적지 않았을 텐데도 전혀 흔들리지 않는군."

영사는 고개를 숙인 채 곰곰이 생각했다.

과연 만영 주지의 말대로였다. 부빈왕래 희겸의 비밀을 알
게 되었던 것을 시작으로 그의 처와 두 자식을 만나 다선루에
데려다 놓은 일이며, 희겸을 직접 만나 그가 바로 사문의 사
람이며 동심원에 적대하고 있는 춘추림의 림주라는 사실을
알게 된 것과 악심 장로를 만나서 겪고 들었던 일 등은 모두
큰일이었다.

그것들은 모두가 끄트머리만 열어놓은 포대와 같아서 영
사가 아직 그 전모를 다 알지 못하는 일이었다.

영사가 대답했다.

"아마 저는 제가 할 수 있는 일만 하기 때문에 그런 것 같습
니다."

만영 주지가 거듭 한숨을 쉬고 불호를 외웠다.

"바탕도 있겠지만 심술(心術)을 배운 때문이시겠지. 아미타불. 심술을 조금 아는 사람은 여럿 보았지만 귀인처럼 깊이 닦은 사람은 처음이네. 심술의 이 같은 경지는 오래 살지 않으면 얻을 수 없는 것으로 알았는데 참으로 놀랍네. 귀인께선 아직 이처럼 어린 나이인데."

영사는 그 이유는 알고 있었다. 바로 연극 때문이다.

연극을 하면 무대 밖에서 볼 때는 연극이지만 무대 위에 선 사람에게는 그것이 인생이다.

그런 연극을 영사는 많은 역할을 맡으면서 수년 동안 했었다.

무대에서는 한 연극을 올리면 한동안은 그 연극만 하는데, 짧은 시간이지만 어떤 인생을 반복적으로 살아본다는 것은 아주 큰 의미가 있었다.

영사는 어쩌면 원래 그 연극의 당사자였던 사람보다도 더 깊이 그 사람의 인생을 이해할 수 있게 되는 것이 바로 그 역을 맡은 배우일 거라고 생각했다.

원래 그 사람은 단 한 번만 그 상황을 체험했겠지만 배우는 적어도 수십 번, 많게는 수백 번 이상을 경험하기 때문이었다.

영사는 작게 웃음을 머금고 입을 다물었다.

자기가 느끼고 경험했던 것은 어쩌면 다들 겪는 것인데 자기 혼자만 별나게 받아들인 면이 없지 않았기 때문에 남한테 자랑하듯 말할 만한 계제는 되지 못했다.

만영 주지가 말했다.

"본사는 정토종의 본산일세. 우리 정토종은 오직 '아미타불'만 진심으로 외우면 부처가 될 수 있다고 믿네. 그래서 모든 감정의 표현조차 '아미타불'에 국한하고 있다네. 기뻐도 슬퍼도, 분해도 안타까워도."

만영 주지는 바위에서 자세를 단정히 하고 영사 한 사람만을 위한 설법을 시작했다.

아마타불(阿彌陀佛)은 '한량없는 빛'이라는 뜻으로 무량광불(無量光佛)로도 불리며 오랜 옛날 법장(法藏)이라는 비구(比丘:남자 중, 승려)를 가리키는 말이었다.

아마타불은 또한 '무한한 생명'을 뜻하는 무량수불(無量壽佛)이라고도 불린다. 아미타불과 무량수불에 대한 경전은 무량수경(無量壽經)인데 정토종은 이 경전을 근본으로 하고 있었다.

그 옛날 법장비구(法藏比丘:아미다불이 부처가 되기 진에 보실로서 수행할 때의 이름)에 대한 경전은 큰 경전인 무량수경 이외에도 작은 경전인 아미타경(阿彌陀經)이 있고, 관무량수경(觀無量壽經)이 더 있어서 삼경(三經)이라고 한다.

이 가르침들에 따르면 누구든지 깊은 신앙심을 가지고 아미타불의 이름을 부르기만 하면 아미타불의 나라인 서방 정토에 태어나게 된다.

영사는 만영 주지가 설법을 잠깐 멈추었을 때 왜 그렇게 되느냐고 물었다.

만영 주지가 대답했다.

"법장비구께서 서방정토, 극락(極樂)이라고 부르는 그곳을 주재하는 임금이시기 때문이네. 비구께선 사십 팔 개의 서원(誓願:중생구제의 바람에 대한 성취의 맹세)을 세우시고 수도에 정진하셔서 부처가 되셨네. 부처가 되셨다는 것은 그 서원이 다 이루어졌다는 것을 의미하지."

만영 주지는 잠시 말을 끊었다.

"원래 서원이라는 것은 하나의 조건일세. 되면 되겠다, 하면 하겠다, 바로 그런 것인데, 만물이 인과로 얽혀져 있기에 수도하여 부처가 되는 것도 조건을 스스로 정하지 않으면 될 수 없는 일이지. 그래서 부처는 다들 서원을 세워놓는 법이라네. 그러나 이 서원은 있어야 한다는 데서 조건일 뿐이지 사실은 조건이 아닌 소망이나 마찬가지이네. 그래서 원래 조건이지만 조건은 아닌 셈일세."

"아!"

영사는 짧게 탄성을 지르고 말했다.

"인과율(因果律)은 부처의 깨달음에도 적용이 되는 것이군요."

만영 주지가 희미하게 웃었다.

"무공도 마찬가지이지 않으신가?"

"아직 모르겠습니다."

하고 영사가 대답했다.

만영 주지가 말했다.

"서원을 세우고 닦으면 닦을수록 무공도 높아진다네."

영사는 눈을 감고 만영 주지의 말을 되새겨 보았다.

만영 주지는 그가 눈을 뜰 때까지 기다려 주었다.

영사가 물었다.

"서원은 어떻게 세웁니까?"

만영 주지가 기다렸다는 듯이 대답했다.

"법장 비구께선 사십 여덟 개의 서원을 세웠네. 그중에 열여덟 번째 서원은 이런 것이라네. 〈내가 부처가 되면 나를 믿고 내 이름을 부르는 사람들은 모두 내가 건설한 정토(淨土:극락)에 태어나서 열반에 이를 때끼지 지극힌 복을 누리며 실게 하겠다〉 우리 정토종이 의지하는 바는 바로 이 열여덟 번째 서원이지. 법장 비구께서 서원을 다 이루고 아마타부처님이 되셨으니 자연히 이 서원에 의지하면 누구나 '아미타불'을 외쳐서 서방정토에 갈 수 있게 되었으니까."

영사가 말했다.

"그건 너무 쉬운 방법인 것 같습니다. 길가에 황금이 널려 있다는 말과 같이 들립니다."

만영 주지가 말했다.

"바로 그렇지. 서방정토는 그런 곳이고 그렇게 들어가는 곳이네. 똑똑한 자들은 쉬워서 들어가지 못하고 힘있는 자들은 가소로워서 들어가지 못하지. 하지만 귀인께서는 한번 생각해 보게. 사람마다 타고나는 바탕이 다른 데 저마다 수련의 끝에 서야만 부처가 되어 극락정토에 갈 수 있다면 이 얼마나 한탄스러운 일인가? 옛날 법장비구께서 오시기 전에는 과연 그러했네. 법장비구께서 아미타불이 되신 후부터 진정한 대승(大乘:큰 수레)을 만드시고 뭇 중생을 구제할 수 있게 되었다네. 이 이유가 바로 아미타불께서 중생구제불(衆生救濟佛)로 불리는 까닭이고 어려운 민초들이 애타게 찾는 부처인 까닭일세."

만영 주지는 영사를 보면서 천천히 말했다.

"부처는 모두 왕(王)이네. 저마다의 불국토(佛國土)를 건설하셨네. 약사여래(藥師如來)께서는 동방정국(東方淨國)의 왕이시고, 아미타불, 아미타여래께서는 서방정토의 왕이시며, 미륵불(彌勒佛)께서는 도솔천(도率天)에 드셔 그곳을 주재하시며 설법하는 곳으로 삼으셨네. 귀인께서는 생각해 보게. 왕이 되지 않은 자가 중생을 구제할 수 있겠는가를. 백성이 노력해서 부귀를 모두 얻을 수 있겠지만 그것은 극히 일부의 일에 지나지 않네. 하지만 어진 왕이 현명한 신하를 거느리고 큰 뜻을 펼친다면 만백성이 두루 평안하고 행복해지지 않겠는가?"

영사는 머리를 끄덕였다. 나라까지는 모르지만 기루에 주인이 바뀌는 것만으로도 기녀들의 희락(喜樂)이 변함은 잘 알고 있었다.

영사는 생각하다가 말했다.

"아미타불을 외워서 구제된 중생이 있는지요?"

만영 주지가 입을 잠시 다물었다가 말했다.

"정토종의 구제는 아미타불을 외치는 그 순간부터 이루어지기 시작하네. 한 걸음 한 발자국씩 서방정토를 향해 가게 되고, 마침내 도달할 것이라는 믿음과 희망이 있는 한 이 세상에서의 괴로움은 그들을 더 이상 괴롭히지 못하게 되는 것이니까."

영사가 말했다.

"잘 모르겠습니다."

만영 주지는 나직하게 말했다.

"그냥… 좋은 것이라네."

영사가 온화한 음성으로 말했다.

"저는 여전히 제가 어떻게 해야 할지 모르겠습니다."

만영 주지는 탄식하고 애원하듯이 했다.

"귀인은 정말 질기기가 가죽 고리보다 더 하시네. 혜원 조사로부터는 육백 년, 선도 조사로부터는 오백 년이네. 이제 그만 우리 정토종은 자유롭게 풀어주시게. 그만큼 지켜봤으니 알 만큼 알고 있지 않으신가?"

제61장

영사는 하늘을 보았다. 숲이 짙어서 나뭇가지 사이로 하늘은 손바닥만 하게 찢어져서 수백, 수천 조각이 되어 있다.

여름날 오전의 파란 색은 두 번 씻은 남색 옷처럼 옅어 보였다.

영사는 조용하게 말했다.

"제가 결정할 수 있는 문제가 아닌 듯합니다."

만영 주지가 말했다.

"지금은 그럴 수도 있을 테지. 하지만 이 중은 귀인께 애걸하지 않을 수 없네. 우리 승가(僧伽:승려 조직, 절)는 이번까지

두 번이나 공을 세웠다고 생각하네. 귀인께서 데려온 한 분은 우리가 보호하여 내보내셨던 분이니 하나의 공이고, 다른 하나의 공은 초조(初祖) 혜원 조사께서 모든 강호를 위하여 세우셨던 것이네."

영사가 말했다.

"말씀해 주십시오."

만영 주지가 말했다.

"동진(東晉)에서 나셨던 혜원 조사께서는 사문불경왕자론(沙門不敬王者論)을 지으셨네. 그 주된 내용은 바로 이러하네. 〈가사(袈裟:승려의 옷)는 조정과 종묘의 복장이 아니니 발우(鉢盂:승려가 공양 때 쓰는 그릇)인들 어찌 조정의 그릇이겠는가? 사문은 세속 밖의 사람이니 왕을 경외(敬畏)하지 않는 것이 당연하다〉이 말은 당시 조정과 강호를 함께 뒤흔들었던 말일세. 귀인께서는 느껴지시는 바가 없으신가?"

영사가 대답했다.

"저는 고사에 대해 깊이 알지 못합니다."

만영 주지가 말했다.

"강호가 이 뜻에 수긍하고 마침내 조정에서도 혜원 조사의 말에 수긍하게 되었네. 그로부터 모든 왕조는 강호의 일에 관여하지 않게 되었고 강호는 조정에 직접 힘을 행사하려는 일이 없어졌지. 관과 강호가 서로 간섭하지 않는다는 원칙이 세워졌던 것일세. 후에 다시 당나라 때 고종(高宗)이 승려들은 부모뿐만 아니라 임금에게도 절을 해야 한다는 칙령을 내렸을 때, 법상종의 현장 조사와 남산율종(南山律宗)의 도선 조사가 함께 상소하여 마침내 그 칙령을 취소하게 만들 수 있었던 것도 이미 혜원 조사의 전례가 있었기 때문이네.”

승려들은 세속을 벗어난 사람이었다.

강호인들도 그 점에서 승려들과 다를 바가 없었다.

조정이 승려들에 대해서 간섭하지 못한다면 강호인들에 대해서도 간섭하지 못한다는 것은 지극히 당연했다.

부처를 닦든지 칼을 닦든지 간에 그들이 수도를 하는 것도 마찬가지였다.

물론 사람을 죽이는 것에는 조금 차이가 있었지만 그 차이는 미미했다. 사람 죽이는 중도 많고 재물을 노략질하는 절도 적지 않아 오십보백보의 관계였기 때문이다.

영사는 머리를 크게 끄덕였다.

만영 주지가 불호를 외우며 말했다.

“아미타불. 한데 이번에 본사는 옛 약속에 얽매여 부득이하게 조정의 원한을 사게 되었네. 반역의 혐의까지 씌워졌으니 지금은 귀인의 덕택으로 무사하다 할지라도 조금만 바람이 불어도 그 혐의는 항상 우리 목을 조를 것이네.”

영사는 만영 주지의 마음을 이해할 수 있었다.

사문의 행사는 무섭다. 그 뿌리가 언제부터인지 모른다.

영사는 사문에 대해서 자기가 느끼는 것만으로도 조금씩 알아가고 있었는데, 사문은 어떤 곳에든 그 시작부터 깊이 관여하고 끼어든다는 특징이 있음이 분명했다.

하지만 영사는 이미 만영 주지에게 말했던 것처럼 자기가 처리할 수 있는 영역 밖의 일이라고 생각했다.

사문이 지금은 동심원으로 말미암아 혼란스러워졌지만 근본적으로 선악을 떠나 어떤 목적을 가지고 있는 조직이었다.

영사는 자기가 함부로 사문의 율법을 저촉하게 되는 것을 두려워하고 있었다. 사문의 율법들은 보면 느끼면 느낄수록 단순한 규칙이 아니었다. 그것은 수련의 비결이기도 하고 어쩌면 그 이상의 무엇일지도 몰랐다.

심지어 정토종에 대한 설법을 들으면서도 영사는 그중의 상당 부분을 자기가 벌써 알고 있는 듯이 느껴지기도 했다.

어쩌면 사문의 율법은 모든 가르침들의 정수를 가져와서 만들어진 것일 수도 있었다.

만영 주지가 말했던 심술에 대한 것도 마찬가지였다. 배우기는 칠각단의 유월성에게 배웠지만 역시 낯설지 않았었다. 그래서 쉽게 배웠고 쉽게 쓸 수 있었던 것인지도 모른다.

심지어 원원에게 배웠던 것까지도 다시 생각해 보면 아직 다 알지도 못하는 사문의 율법들과 조금씩은 연관이 있었다.

영사가 대답이 없자 만영 주지가 말했다.

"들어줄 수 없다면 이 마음을 기억하는 것은 해주시겠는가?"

영사는 고개를 끄덕였다.

"예. 잊지 않겠습니다."

만영 주지가 쓸쓸하고도 기쁜, 이상한 표정을 지으며 말했다.

"아직도 우리 빚은 다 끝나지 않았군. 하지만 그래 주신다면 멀지는 않았겠지. 이 중이 심통을 부리면서 살아야 할 날도 아직 십 년은 남아 있는 모양이니 어쩌면 그전에는 끝이 날지도 모르고. 지금부터 내가 하는 이야기는 이제 다른 마음으로 들어주시게. 귀인께서 앞으로 해야 할 일에 관련된 것이니까."

영사는 '예' 하고 대답했다.

만영 주지가 말했다.

"내 뒤에는 옛날 장로께서 따로 수행하시던 석실이 있네. 귀인께서 데려왔던 두 분은 지금 거기에 계시네. 독은 해독되었지만 아직 몸은 온전하지 못하다네."

"고맙습니다."

하고 영사가 말했다.

만영 주지가 말했다.

"장로께서는 선도 조사의 제자셨네. 원래 곤륜노셨는데 자질의 총명은 능히 조사에 비할 만했네."

*　　*　　*

악심 장로의 속명은 충후(忠厚), 성은 임(任) 씨였다. 곤륜노였으니 그 이전의 성과 이름이 있었겠지만 그것은 본인이 말하지 않아서 전해지지 않았다.

그는 기골이 장대했고 총명도 과인하여 선도 조사의 제자가 되었을 때 많은 사람들을 놀라게 했었다. 어떤 사람들은 그를 선도 조사를 호위하는 흑금강(黑金剛)이라고도 불렀고 사천왕 중에서 서방 광목천왕(廣目天王)의 화신이라고도 했다.

하지만 선도 대사는 그를 제자로 받으면서 악심(惡心)이라는 법명을 주었다.

그렇다고 그가 나쁜 사람이기 때문에 준 법명은 아니었다.

선도 대사는 제자가 되기 위해 장안 광명사(光明寺)로 찾아온 그를 보고 대뜸 물었다.

"나와 함께 지옥에 가보겠느냐?"

아직 악심이 되기 이전의 임충후는 순순히 대답했다.

"그다음에 극락도 가시겠다면 따라가겠습니다."

"껄껄껄!"

선도 대사는 기뻐서 크게 웃고 나서 말했다.

"내 너를 큰 도구로 삼고 싶다. 능히 도구가 되겠느냐?"

"어떤 도구입니까?"

하고 임충후가 물었다.

선도 대사가 말했다.

"서방정토의 문을 깨뜨리는 철연가(鐵連枷:쇠도리깨)로 쓰고자 한다."

임충후가 대답했다.

"되겠습니다."

선도 대사는 그제야 직접 일어나 문밖으로 나가서 그를 맞이하고 머리를 깎아주었다. 양털처럼 곱슬거리는 머리카락을 다 잘라내고 그에게 '악심(惡心)' 이라는 법명을 주었다.

임충후는 법명이 이상했으나 스승에게 깊은 뜻이 있으리라 생각하고 아무 말도 하지 않았다.

그날 선도 대사는 크게 기뻐했으나 악심을 제자로 맞은 일 이외에는 아무 일도 하지 않았다. 설법조차 걸렀다.

그리고 밤이 깊어지자 혼자 일어나 절 밖의 깊은 골짜기로 갔다.

악심은 그날 밤 설렘으로 잠을 못 이루다가 스승이 밖으로 나가는 것을 보고 조심스럽게 따라갔다.

늦은 가을이었는데 산중에는 먹이를 찾는 곰과 멧돼지 등의 짐승들이 많았기 때문에 스승을 보호할 생각이었다.

하지만 곰을 두 마리나 보고 멧돼지는 한 무리를 보았지만 그들은 선도 대사를 공격하지 않았다. 오히려 그를 두려워하는 듯이 멀찍이 피하는 것이었다.

악심은 스승의 불력이 소문보다 더 뛰어난 듯하여 몹시 기뻤다.

그러나 선도 대사는 인적이 전혀 없는 골짜기에 이르러 목을 놓아서 통곡했다.

선도 대사는 막 대사라는 소리를 들을 때였지만 나이는 사십이었다. 노인도 아니었지만 그의 울음소리는 마치 늙은 귀신이 울부짖는 듯했다.

그러자 악심은 또 스승이 혹시 미친 것은 아닌가? 요괴는 아닌가 하고 걱정했다. 그 자리를 떠나지 못하고 선도 대사가 울음을 그칠 때까지 숨어 있었다.

선도 대사는 한참을 울고 난 후에 무릎을 꿇고 옆으로 돌아 앉았다.

"나오너라."

선도 대사가 말했을 때 악심은 도망치고 싶을 만큼 놀랐지만 스승의 부름을 거역하지 않고 나가서 엎드렸다.

선도 대사는 악심을 자기의 맞은편에 무릎을 꿇게 하여 자기의 무릎과 악심의 무릎이 서로 닿게 하였다.

악심은 몹시 두려웠지만 스승께 자신의 몸을 내맡겨 버렸다.

선도 대사가 말했다.

"악심아! 네 결심은 변함이 없느냐?"

악심은 불현듯 자기가 왜 출가했는지를 떠올렸다.

이 세상은 곤륜노를 받아들일 수 있을 만큼 큰 세상이 아니었다.

곤륜노들의 세상은 더욱 작았다.

먼 서쪽바다 어딘가에 있다는 곤륜노들의 땅으로 돌아가는 것도 한 번쯤 꿈꿔보지 않은 바는 아니었지만, 연로한 곤륜노들에 의하면 그곳은 이 땅과 많이 다르기 때문에 좋을 것이 없다는 것이었다.

문명도 양쪽은 고르지 못해서 어떤 것은 그쪽이, 어떤 것은 이쪽이 훨씬 나은 데 비슷한 것은 오히려 적었다.

거리도 멀어서 땅으로 가면 수만 리고 지나야 하는 나라는 크고 작은 것이 삼백여 개, 넘어야 할 강은 바다처럼 넓은 것만 여섯 개, 넘어야 할 산은 하늘 끝에 다다른 것만 다섯 개를 넘어야 했다.

악심은 어른들에게 그럼 어떻게 그 먼 곳에서 왔느냐고 물어본 적이 있었다. 대답은 아주 간단했다. 긴 세월을 두고서 계속 동쪽으로 왔다는 말이 바로 그 대답이었다. 돌아가려면 악심도 긴 세월을 두어야 할 뿐만 아니라 계속 가기만 하더라도 자기의 대에는 닿지 못할 수도 있다는 의미였다.

악심이 선도 대사의 명성과 불법에 대해서 들었던 것은 그 즈음이었다. 선도 대사가 말한다는 서방정토가 악심에게는 마치 자기가 돌아가고 싶었던 곤륜노들의 나라 같이 여겨졌다.

곤륜노들의 땅도 서쪽에 있었고 서방정토의 서(西)도 서쪽이니 같은 나라일지도 모른다고 생각했다.

더구나 선도 대사가 말하는 서방정토는 어떤 나라보다도 여든한 배나 더 훌륭하다고 했으며 선도 대사가 그린 수백 장의 정토 그림에는 인간이 원하는 모든 것이 다 들어 있었으며 어떤 것이든 그냥 다 취할 수 있는 것이었다.

악심은 그래서 깊이 생각하다가 선도 대사의 제자가 되기로 결심하고 출가했다.

"예."

하고 악심은 대답했다.

선도 대사가 그의 어깨를 안으며 말했다.

"나는… 지옥으로 가마. 너를 데리고 가마. 너는… 지옥에서 성불(成佛)하거라."

그의 음성이 떨렸다.

악심은 서방정토에 가는데 왜 지옥은 가야 하는지 이해할 수 없었다. 그래서 물었다.

"스승님, 서방정토는 가지 않습니까?"

그에 대한 대답을 악심은 끝내 듣지 못했다.

대신에 돌아가는 길에 왜 곰과 멧돼지 같은 짐승들이 스승을 피해서 달아났는지에 대해서만 들었다.

"지옥에 들어갈 내게 무슨 두려움이 있겠느냐? 두려움이 없으니 저들이 오히려 두려워하는 것이다."

선도 대사에게는 제자가 많았다. 설법을 듣기 위해서 찾아오는 사람들의 숫자도 구름 같았다. 그러나 언제나 악심은 선도 대사의 가장 가까운 자리에서 설법을 들었으며 그가 다른 사람을 만날 때도 함께 따라가 호종(護從)했다.

선도 대사가 황제를 만나 독대하는 자리에조차 악심은 스승의 발치에 있을 수 있었다.

선도 대사는 설법을 하는 중에도 간혹 악심에게만 할 말들을 끼워 넣어 설법하는 경우도 있었고, 다른 사람과 더불어 문답을 하는 중에도 악심이 궁금해할 말을 설명하고 있는 경우도 많았다.

그러는 중에 악심은 자기에 대한 스승의 사랑과 함께 정토종의 가르침을 깊이 이해하게 되었다. 스승이 물어오면 함께 토론을 할 수 있을 정도까지 되었다.

어느새 당(唐)을 통틀어서 악심은 선도 대사를 제외하고는 가장 정토의 불법에 정통한 승려가 되어 있었다.

어느 날 선도 대사가 문득 물었다.

"이 시대가 어떤 시대냐?"

선도 대사가 설법을 마치고 방으로 돌아갈 때였다.

악심은 그의 뒤에서 따라가고 있다가 무심결에 대답했다.

"말법(末法)의 시대, 말세(末世)입니다."

선도 대사가 또 물었다.

"무엇이 말법의 시대냐?"

평상시에도 종종 있던 교리문답과 다를 바도 없어 악심은 즉시 대답했다.

"들어도 배워도 수행해도 깨닫지 못하는 시대입니다. 불타께서 열반하신 후, 가르침이 남아 있어 이를 따라 수행하면 깨달을 수 있는 것이 정법(正法) 오백 년이지만 이미 지나갔고, 수행하여도 깨닫는 사람이 있는가 하면 수행하고도 깨닫지 못하는 사람이 있는 상법(像法)시대가 말로는 천 년이라지만 이것도 실제로는 오백 년인지 벌써 끝이 났습니다. 부처가 다시 나오지 않고 있으니 시대는 벌써 수행하더라도 깨달을 수 없는 말법시대로 들어왔다고 말하지 않을 수 있겠습니까?"

선도 대사가 걸음을 멈추고 돌아서면서 묘한 표정을 짓고 물었다.

"너는 달마(達磨)를 어찌 보느냐?"

악심이 되물었다.

"선종(禪宗)의 보리달마 말씀인지요?"

선도 대사가 말했다.

"그렇다. 요즘 유명한 혜능(慧能)과 신수(神秀)의 초조(初祖) 보리달마 말이다."

보리달마는 선도 대사나 악심의 시대로부터 고작 백 년 전의 인물이었다.

악심이 심드렁하게 대답했다.

"가짜 아닙니까."

선도 대사가 묘한 미소를 지으며 말했다.

"나도 가짜다."

악심이 말했다.

"스승님께선 스스로 진짜라고 말씀하지는 않으시지요."

선도 대사가 물었다.

"그럼 혜가(慧可)는 이떠냐?"

"병신이지요,"

하고 악심이 대답했다.

혜가는 달마의 제자가 되기 위해서 자기의 팔을 잘라 백설을 붉게 물들였던 인물이었다.

선도 대사가 흥미로운 듯이 아예 석등 옆에 앉으며 물었다.

"달마는 왜 가짜냐?"

악심이 말했다.

"난 것은 반드시 소멸하는 것이 인과의 법인데, 달마는 불타의 가르침도 마찬가지라는 것을 모르는 자 아닙니까. 해탈하여 영원히 업장을 소멸하고 윤회에서 벗어나는 것은 사람이지 불법 자체는 그렇게 될 수 없습니다. 이제 불법도 늙어서 정각자(正覺者)를 생산할 수 없는 말법의 시대가 되었는데, 혼자 깨달았다고 주장한다면 이는 팔순 여자가 옥동자를 낳았다는 거짓말과 무엇이 다르겠습니까?"

선도 대사는 입가에 미소만 짓고 있었다.

악심이 말했다.

"지극한 이치를 따르는 도에 이치에 맞지 않는 소리를 하고도 통하는 것은 오직 대중이 어리석은 때문이겠지요."

선도 대사가 말했다.

"그는 석가세존으로부터 이어지는 이십팔대 조사로 세존의 심적 가르침을 이어받았다고 한다. 말과 글로 이어진 가르침은 형태를 지니기에 세월이 지나면 죽어도 말이 아닌 '심(心: 마음)', 말없음으로 가르친 참된 가르침은 영원히 죽지 않는다고 하지."

악심이 말했다.

"근자에 선종이 근거로 삼고 있는 대범천왕문불결의경(大梵天王問佛決疑經)이나 대반열반경(大般涅槃經)에 나오는 〈정법안장열반묘심실상무상(正法眼藏涅槃妙心實相無相)을 마하(摩訶)가섭에게 전하노라!〉라고 하는 말 또한 믿을 수가 없습니다. 저는 종래로 그와 같은 경전이 천축에 있다는 말을 듣지 못했습니다. 스승님께서 자은사의 현장법사와 토론하실 때 그런 경전이 천축에 있었다면 어찌 그가 알지 못했겠습니까?"

그때는 삼장법사라 불리는 현장도 천축에서 돌아와 자은사에서 불경을 번역하는 데 심혈을 기울이고 있을 때였다.

불법은 들판의 불길처럼 넓게 퍼지는 중이었고, 탁월한 승려들이 하루가 멀다 하고 나타났다. 그 당시의 유명한 승려치고 후세에 길이 이름을 남기지 않은 승려가 없을 정도였다.

선도 대사는 악심의 말이 옳다고는 말하지 않았다. 대신에 또 물었다.

"행동은 옳아도 말은 그른 경우가 있지 않느냐? 경은 후에 만들어진 거짓이라도 법은 전해질 수도 있었을 것이고, 만약 아무것도 전해지지 않았다면 그들은 무엇을 종(宗)으로 세우고 평생 수도에 전념할 수 있었겠느냐?"

악심이 말했다.

"제자가 경을 읽다 보니 간혹 적혀 있지 않으나 어렴풋이 짐작되는 것들이 있었습니다. 그 이유를 곰곰이 생각하다 보니 그것들은 모두 제 본성에서 비춰지는 것이더군요. 이로 미루어 볼 때 달마와 그 제자들이 선(禪)을 하는 것 역시 크게 다르지 않을 거라 봅니다. 하지만 이는 끝이 분명한 것으로 자기를 깨달은 사람은 될 수 있을지언정 수억 겁에 걸친 업장을 태워 없애고 윤회의 사슬을 끊지는 못할 것입니다. 그들의 경지를 이상한 말로 표현한다 하더라도 결코 참된 부처는 되지 못할 것입니다. 다만 시작부터 참과 거짓을 구분하지 못했으니 깨닫고 나서도 자기가 부처인지 아닌지도 구분하지 못하겠지요. 그들의 말을 들어보면 평생 수행했다는 것이 이것도 아니고 저것도 아니다라는 공론을 말하거나 죽을 준비가 잘 되어 있다는 정도에 지나지 않는 것도 있는데 그 제자들은 그들조차 깨달았다고 말합니다. 그러면 그들의 깨달음이라는 것이 어떤 것인지 익히 짐작할 수 있지 않겠습니까."

선도 대사가 또 웃음을 머금었다.

악심이 말했다.

"제자는 만약에 달마가 아직 여기에 남아 있었다면 이렇게 물을 것입니다. '당신의 나라는 어디에 있습니까?' 하고."

불법에 대한 논쟁은 원래 스승과 제자 사이에도 잡아먹을 듯이 치열하게 하는 법이다. 악심은 선도 대사에게 논쟁을 하는 태도로 일관하며 말하고 있었다.

선도 대사가 말했다.

"네 말이 대체로 옳다."

악심은 잠시 입을 다물고 스승의 말을 기다렸다.

선도 대사가 말했다.

"어떻게 보면 그들이 하는 일이란 이른 봄부터 감나무 아래에 입을 벌리고 누워서 감이 떨어지기를 기다리는 것과도 비슷하지. 총명한 자들은 대체로 문자의 수고와 신고(辛苦)를 피하려 자기의 낮음과 자기의 낮음에 있는 육신과 감각의 소중함을 잊어버리곤 한다. 그러나 악심아, 보아라."

악심은 선도 대사가 가리키는 곳을 보았다. 담장 아래였는데 그곳에는 무화과와 대추나무가 함께 있었다.

선도 대사가 말했다.

"우리의 소망은 서방정토에 가고 아미타여래의 서원에 힘입어 우리도 똑같이 깨달아 부처가 되는 데 있다. 하지만 저 무화과를 보아라. 아무리 소망한다 한들 무화과에 꽃이 필 수 있겠느냐? 꽃이 핀다면 과연 무화과이겠느냐?"

악심은 두 번 고개를 가로 저었다.

"아닙니다."

선도 대사가 말했다.

"보아라, 악심아. 저 대추나무는 지금 따지 않은 열매가 가득하구나. 대추나무는 저처럼 여름날 풍우에 손상되지 않았다면 절로 열매를 맺지 않겠느냐?"

악심은 고개를 끄덕였다.

"예."

선도 대사가 말했다.

"우리 사람도 어찌 저들과 다르다고 할 수 있겠느냐? 깨달을 수 있는 자는 때가 되면 대추나무가 열매 맺듯 절로 깨닫고, 깨달을 수 없는 자는 아무리 꿈꾸어도 무화과나무처럼 꽃을 피우지 못할 것 아니겠느냐?"

악심은 대답하지 못했다.

선도 대사가 말했다.

"혜능은 남쪽에서 유명한 인물이라 나는 아직 그를 만나보지 못했다. 하지만 그가 하는 말에 견성성불(見性成佛)이 그들 종(宗)의 근본종지(根本宗旨)라고 하는구나. 너는 이에 대해서 들어보았느냐?"

악심이 말했다.

"제자도 들어보았습니다. 그가 말하길, 〈사람의 본성은 마치 허공과 같은 것이니, 볼 수 있는 것은 아무것도 없다는 것을 깨달으면 그것을 일컬어 정견(正見)이라 하고, 알 수 있는 것은 아무것도 없다는 것을 깨달으면 그것을 일컬어 진지(眞知)라 한다. 푸르고 누렇고, 길고 짧은 것도 없으며, 오직 본원(本源)이 맑고 깨끗하다는 것과 깨달음의 본체가 원만하고 밝다는 것을 보기만 하면, 이것을 일컬어 ‘본성을 보아 부처를 이루었다’ 라고 하느니라〉 하였더군요.”

“너의 생각은 어떠하냐?”

선도 대사가 미소를 지으며 물었다.

악심은 고개를 조아린 뒤 대답했다.

“혜능은 원래 아무것도 없다는 것을 깨달으면 부처와 다를 바가 없기 때문에 이를 일러 견성성불이라고 하는 모양입니다. 그리하여 제자는 또 그에게 물어보고 싶은 것이, 첫째는 아무것도 없었는데 혜능이란 중은 어디에서 나온 무엇이고 혜능과 다른 나는 어디서 나온 무엇인가 하는 것입니다.”

선도 대사는 고개를 끄덕이며 악심의 말이 이어지기를 기다렸다.

“둘째는 깨달아서 아는 것과 들어서 알거나 그렇다는 것을 깊이 믿는 것과 어떤 차이가 있는가 하는 것입니다. 똑같은 것을 아는 데 깨달아서 알면 부처가 되고 들어서 알면 부처가 되지 못한다면, 이것은 그 앎이 중요한 것이 아니라 깨닫는 행위 자체만 중요하고 필요하다는 말이 아니겠습니까? 그렇다면 그가 말하는 본성의 존재는 있고 없고도 상관없는 것인데, 어찌하여 그는 반드시 아무것도 없다는 것을 깨달아야만 한다고 말합니까?”

악심의 입에서는 불이 토해졌다.

"알기도 알아야 하고 깨닫기도 해야 한다고 말한다면 제자
는 또 이렇게 묻고 싶습니다.

그건 자기의 어떤 모습을 알게 된 것에 불과한데 어찌 부처
와 같다고 할 수 있는가? 본성을 불성이라 하더라도 불성을
보는 것만으로 불(佛)이 된다면 개의 본성(本性)을 보면 개가
되고 소의 본성을 보면 소가 된다고 말하지 않을 수 있는가?
어리석은 당신의 본성이 과연 불성이라고 말할 수는 있단 말
인가?"

선도 대사가 물었다.

"그래서 너는 어떻게 생각하느냐?"

악심이 말했다.

"그는 무지한 사람으로서 무지한 사람을 홀리는 자입니다.
제자는 장차 그의 몽매한 말에 목숨을 걸고 살다가 헛되이 부
토가 될 사람들이 얼마나 많을지 걱정스럽습니다."

선도 대사가 말했다.

"내가 묻는 것은 그의 말에 대한 것이다. 혜능 그 사람에
대한 것이 아니다."

악심이 잠시 생각한 후에 말했다.

"보아서 보인다면 그것은 다만 자기의 속 생김새이겠지요.
그것을 본성이라고 하고 보았는데도 없었다면 보고도 모르는
장님이라 생각합니다. 제자는 스승님의 말씀에서 유추하여

짐작해 보건대, 혹시 자기가 무화과나무일지 대추나무일지
알 수 있는 것으로 그치는 게 아닌가 싶습니다.”
　선도 대사가 무릎을 탁! 소리가 나도록 쳤다.
　“옳다. 내 생각이 바로 그러하다.”

눈을 떠야지

　영사는 만영 주지의 말을 따라잡기 어려웠다.

　그 시대에 달마와 혜가, 혜능이 어땠는지는 몰라도 지금 세상에서 혜능은 달마와 더불어 선종의 가장 뛰어난 조사로 평가받고 있었다.

　하지만 악심 장로는 혜능과 동시대 사람으로서 그에 대해서 전혀 꺼리는 바가 없는 듯했다.

　만영 주지의 복잡한 말들은 영사의 머릿속에서 쇠구슬처럼 구르기만 할 뿐 녹아내리지는 않았다.

　만영 주지가 빙그레 웃으며 말했다.

“어지러우신가?”

“예.”

하고 영사가 대답했다.

만영 주지가 말했다.

“그럼 눈을 더욱 부릅뜨고 귀를 크게 열어야 하네. 진리는 가까우면 빛으로 흘려서 자기를 감추고 보는 사람의 몸 안을 뜨겁게 하여 달아나게 만든다네.”

영사는 그의 말대로 정말 눈을 부릅떴다. 귀는 열 수 있는 방법이 없었지만 더 잘 들으려고 마음을 모았다. 속에서 받쳐 오르는 갑갑한 열기를 애써 밀쳐 냈다.

만영 주지는 그가 준비가 되자 말했다.

“더 물어보고 싶은 게 있으면 물어보시게.”

영사는 바로 말했다.

“더 들어 보고 싶습니다.”

“알겠네.”

하고 만영 주지가 이야기를 이어갔다.

*　　　*　　　*

악심은 스승 선도 대사가 그처럼 감탄하는 것을 이전에는 보지 못했다. 한편으로는 부끄럽고 한편으로는 스스로 자랑스러웠다.

"스승님의 가르침에 감사드립니다."

하고 머리를 조아렸다.

선도 대사가 말했다.

"달마를 따르는 사람들은 숱한 사람들이 오래전부터 마셔왔던 차(茶)조차도 달마의 눈까풀이 떨어진 곳에서 나온 나무에서 나온다고 말하더구나."

악심이 말했다.

"그들은 말로 전해지지 않은 석가여래의 가르침을 이었다고 하면서 여래의 가르침이 적힌 경(經)을 무시하더니 오히려 자기들 조사의 행적은 말로 지어내니 진실로 깨닫고 부처가 되는 이는 나오지 못할 것입니다."

선도 대사가 말했다.

"아마 그럴 것이다. 다만 그 편리함과 그럴싸함은 크게 사람을 홀리는 바가 있으니 장차 가장 융성해지지 않을까 싶다. 그 가운데도 염려되는 바는 무지한 자들이 자기들의 배경으로 이용하려는 경우가 많아 세상을 혼란스럽게 하는 것이 크고, 그런 자들이 또 저들의 종(宗)에 들어가 불법이 아닌 무(武)로 절을 가득 채우게 되어 석가여래의 가르침을 욕되게 할까 하는 것은 그다음이며, 저들이 말로는 부처가 되기 위해 수양한다고 하나 막상 수련하는 바를 들어보면 부처를 죽이고 부모도 죽이고 천지도 죽임으로써 자기의 본성을 본다고 하니, 이는 설혹 본성을 보는 자가 있다 하더라도 이미 부처는 죽고 없고 오직 자기만 남게 되는 것이 그다음이다. 그들이 석가여래를 말하지 않고 오직 달마와 혜가, 그리고 아직 살아 있는 혜능을 말하는 것은 그들이 불법에 무지한 이유도 있겠지만 이에 연유함도 적지 않을 것이다. 나 선도는 선(禪)을 하는 자들이 달마를 말하는 것은 들어보았지만 석가여래와 여러 불보살을 말하는 것은 듣지 못했다. 그들에게는 이미 부처도 없고 스승도 없으며 오직 자기만 있는 것인데, 세상의 큰 도가 어찌 제 한 몸을 내세우는 것에 그칠 리 있겠느냐? 하지만, 악심아.”

스승이 의견을 직접 말하는 경우는 드물었다. 항상 질문을 던져서 깨우치게 하지, 선도 대사는 자기의 견해를 말해서 제자들에게 강요하는 경우가 없었다.

악심은 스승이 중요한 말을 할 것임을 알고 묵묵히 기다렸다.

선도 대사도 잠시 가만히 있었다. 주변에는 아무도 없었다.

이윽고 선도 대사가 조용하게 말했다.

“나도 혜능의 그 방법에 따라서 선(禪)을 해보았다.”

악심은 깜짝 놀라서 선도 대사를 다시 보았다. 악심이 선도 대사의 제자가 된 이후로 늘 가까이서 모셨지만 선도 대사는 경(經)을 읽을 뿐 선(禪)을 참수(參修)하는 경우가 없었다.

선도 대사가 웃으며 말했다.

"네가 제자가 되기 훨씬 전이다."

"아!"

하고 악심은 수긍했다.

선도 대사가 말했다.

"나의 스승이신 도작(道綽)께서는 서하(西河) 석벽곡에 있는 현중사(玄中寺)에서 설법하셨다. 스승께서는 담란(曇鸞:정토종 제5대조) 조사로부터 법을 받으셨는데, 담란 조사께서는 원래 몸이 허약하여 도홍경(陶弘景:남조 양나라 시절의 산중재상. 도가의 이론적 체계를 완성함) 도사한테서 열 권의 선경(仙經)을 얻어 돌아오시던 중에 천축에서 오신 보리유지를 만나 관무량수경을 받으셨다. 도홍경은 또 혜원 조사의 벗이었으니 인연은 묘하게 되어 담란 조사께서는 도홍경의 선경과 혜원 조사, 보리유지의 가르침을 고루 얻으셨지. 법은 이렇게 이어졌다. 혜원 조사와 보리유지, 그리고 선도의 도홍경이 모두 담란 조사로 이어졌고 담란 조사의 가르침은 도작 스님으로, 도작 스님에게서 이 중 선도(善導)로 이어졌다."

악심은 몸을 부르르 떨었다.

선도 대사가 말하는 것은 승통(僧統)이었다. 발우가 어떻게 전해졌는가를 말하는 것인데 그것을 악심에게 말해주고 있는

것은 이제 막 자리를 잡은 정토종을 악심으로 하여금 이어가
게 하려는 뜻이 있었다.

악심을 스승 앞에 엎드려서 그의 발을 잡았다.

선도 대사가 그의 어깨에 한 손을 올려놓고 말했다.

"내가 이은 법은 너 악심에게로 이어졌다. 향후 네가 머무
는 곳이 우리 정토종의 중심이 될 것이며 네가 입적하는 곳은
영원토록 본산이 될 것이다."

"스승님! 제자 감당할 수 없습니다."

하고 악심이 말했다.

그때 선도 대사의 눈물이 악심의 머리에 떨어졌다.

"너는 감당해야 한다. 이제 네가 출가할 때 했던 맹세를 이
루어야 할 때가 되었다. 악심아! 너는 나, 어리석은 중 선도(善
導)의 악심(惡心:악한 마음)이다."

악심은 다시 한 번 몸을 부르르 떨었다. 그의 검은 얼굴에
서 살이 함께 떨렸다. 처음 출가했을 때 스승과 주고받았던
말, 그날 밤에 있었던 스승 선도 대사의 통곡에 대한 일은 세
월이 지나면서 까마득히 잊고 있었다.

"나는 지옥으로 가마. 너는 지옥에서 성불하거라."

선도 대사가 어깨를 감싸고 울면서 하던 말이 세월을 격하

고 귀를 뒤흔들었다.

선도 대사가 울면서 나직하게 말했다.

"너는 이 선도의 악심이다. 앞으로 네가 하는 행하는 모든 악과 마음에 품은 악은 이 선도의 것이고, 선도가 행한 바 조금의 공덕이나 품었던 선념(善念)이 있으면 그것은 모두 너, 악심의 것이다."

악심은 스승의 두 발을 잡고서 따라 울었다. 스승의 두 팔이 졸려서 피가 통하지 않는 줄도 몰랐다.

선도 대사가 말했다.

"너는… 나와 함께 지옥으로 가자. 십팔 층 지옥을 고루 돌아보면 그것으로 미루어 서방정토를 알 수 있지 않겠느냐? 십팔 층 지옥을 돌면서 아마타불을 하루에 칠만 번씩 외운다면 아미타불께서 답하지 않으시겠느냐?"

악심은 스승의 발에 머리를 묻고 가만히 있었다.

선도 대사가 그의 머리를 쓸면서 말했다.

"달마의 선종은 옳지 않다. 내가 선을 참수해 본 바 알게 된 것은 네가 말했던 것과 다르지 않다. 나는 단지 내가 바로 무화과나무라는 사실만 깨달을 수 있었다. 남은 어떤지 알지 못한다. 말법의 시대이기 때문인지 내가 타고나길 그런 것인지도 알지 못한다. 스스로 부처가 되지 못하는 우리 중생은 오직 아미타여래의 서원에 힘입어 그의 자비로 서방정토로

가는 수밖에 없다. 그러나, 그러나 악심아!"

선도 대사가 울먹이며 목이 잠겼다. 악심도 가만히 있고 선도 대사도 가만히 있었다.

천천히 목이 열리자 선도 대사가 다시 말했다.

"우리 정토종도 보리달마의 선종과 다를 바가 없단나."

"아!"

하고 소리치면서 악심은 고개를 들었다. 선도 대사의 눈물에 젖은 얼굴과 힘없는 노안이 동시에 보였다.

선도 대사는 악심의 검은 얼굴을 두 손으로 어루만지며 말했다.

"그토록 서방정토를 구하여 보았자 얻는 것은 고작 현세의 고난을 견디는 힘밖에 없구나. 우리의 아미타불도 현세의 안녕만을 줄 뿐 경전에 쓰인 대로 서방정토로 바로 데려가지 않는구나. 너도 알겠지만 죽어서 가고 그곳에서 다시 나는 것을 왕생(往生)이라 한단다. 서방정토 극락에 가서 다시 나는 것이 극락왕생이란다. 나는 신도들이 가족과 친지, 벗의 죽음 앞에서 '극락왕생' 을 외칠 때마다 부끄러움을 참을 수가 없었단다."

선도 대사의 눈물이 악심의 눈에 떨어졌다.

악심은 눈에서 넘쳐나 코를 따라 흘러내린 눈물을 삼켰다.

선도 대사가 말했다.

"나는 혜원 조사께서 결성하신 백련사(白蓮社)의 당대 큰

연꽃인 장연(長蓮)이다. 초조 혜원 조사께서 동림사에서 처음 결성하시어 일백스물세 사람과 더불어 아미타여래불 앞에서 서방정토로 가기를 기원하셨지만 아무도 가지 못했던 사실을 어떻게 모를 수 있겠느냐? 살아서 가지 못하니 죽어서 왕생한다고 말하지만 그것이 우리 정토종의 참뜻은 아니다. 그것은 저 선종의 무리들이 죽으면 해탈하여 열반(涅槃)에 들었다고 말하는 것과 조금도 다르지 않지 않느냐?"

악심은 고개를 끄덕였다.

선도 대사가 말했다.

"석가여래께서는 살아서 부처가 되는 법을 가르치셨는데 저들은 죽어서 해탈하여 부처가 되었다면 그걸 바른 가르침이라고 어찌 말할 수 있겠느냐? 깨달음도 살아서 깨달아야 하고, 살아서 깨닫지 못하면 다시 태어나서 깨달아야 하는 것이 윤회 아니더냐? 죽어서 깨닫는 법이 있다는 말을 나는 경에서 본 적이 없다. 마찬가지다. 서방정토에 가는 것도 살아서 가야 하는 것이지 죽어서 가는 건 옳지 않다. 악심아! 악심아!"

"예, 스승님!"

하고 악심은 울면서 스승의 울음에 답했다.

선도 대사가 말했다.

"나는 도리가 없구나. 나도 비구(比丘:깨닫기 위해 수행하는 중)이니 서원을 세워 이 땅으로 서방정토를 끌어오든지, 서방정토가 아니라면 지옥이라도 가서 헛되게 아미타불을 세상에 팔기만 했던 죄에 대한 벌을 받지 않을 수 없구나."

선도 대사의 음성은 다시 죄여 버렸다.

악심은 사부의 파랗게 변한 다리를 놓고 피가 통하도록 주물렀다.

선도 대사는 그의 머리를 한참 동안 쓸면서 소리없이 발원(發願)하고 또 축원(祝願)했다.

이윽고 선도 대사가 다시 입을 열었다.

"나는 지옥에는 갈 수 있을지언정 부처가 되지도 못하고 다른 무엇이 되지도 못한다. 하지만 악심아, 악심아, 너는 부처의 반면증거(反面證據)는 될 수 있을 것 같구나. 반면증거가 되어, 서방정토의 문을 쇠도리깨로 부수고 들어가서 아미타여래에게 나의 의문과 네 의문을 모두 물어봐 주지 않겠느냐?"

악심도 그때는 마음에 준비가 되어 있었다.

"예."

하고 바로 대답했다.

선도 대사는 고개를 들어서 낮게 날아가는 철새 무리를 보면서 말했다.

"나의 악심아, 네가 반면증거가 되어 그렇게 우리 함께 지옥으로 가자. 아미타불을 외치며 십팔 층 지옥을 고루 돌고, 너 악심은 악심의 선도(善導)를 움켜잡고 지옥에서 성불하거

라. 너는 나의 악심이고 나는 너의 선도(善導)가 되리니.”

두 사람의 사제는 두 사람이지만 서로가 세운 서원(誓願)으로 이어져 불가분의 관계가 되었다.

선도 대사는 그날로 그때까지 머물렀던 광명사를 나와 악심을 데리고 향적사로 왔다.

＊　　　＊　　　＊

만영 주지는 자기 뒤의 바위를 손으로 쓰다듬으며 말했다.

“여기가 바로 장로께서 처음에 와서 악(惡)을 수양하셨던 곳이라네. 본사에서는 오직 대대로 주지만 알 뿐 다른 사람들은 모르고 있는 곳일세.”

영사는 불법의 세세함은 이해할 수 없었지만 악심과 선도 대사의 절실한 마음은 느낄 수 있었다. 마음속에 깊이 새겼다. 인생의 극적인 내용이야말로 진리가 절절하여 사람을 숙성시키는 것이기 때문이었다.

만영 주지가 말했다.

“악을 수양하는 방법에 대해서는 이 중은 알지 못한다네. 하지만 장로께선 이십 년 동안 악을 수양하셨고 약속대로 본사는 정토종의 본산이 되었네. 선도 조사께서는 남전(藍田) 오진사(悟眞寺)로 들어가 은거하셨지. 장로께서는 바깥에 모습을 드러낼 수 없으시니 우리끼리 장로라고 부르지만, 선도 조사의 법을 정통으로 이어셨으니 그분 역시 우리한테는 조사(祖師)가 되신다네."

영사가 물었다.

"두 분께서는 지옥에 가셨습니까?"

만영 주지가 말했다.

"그 역시 나는 알지 못하네. 하지만 장로께서 이십 년 수행을 마치셨을 때 선도 조사께서 그분을 데리고 남 모르는 긴 여행을 하셨네. 이후 돌아와 선도 조사께서는 입적하시었고 장로께서는 지금 계신 동굴로 들어가셨지. 그리고 아직까지 건강하게 살아 계신다네."

"사람이 오백 년을 살 수 있습니까?"

하고 영사가 물었다.

"아미타불."

만영 주지가 조용하게 말했다.

"장로께서는 사람이 아니시네. 그분의 말씀처럼 부처의 반면증거시고 그 자체로 부처라네."

영사가 가만히 있자 만영 주지가 말했다.

"장로께 직접 여쭈어보시게. 귀인께서 물으면 다 말씀해 주실 테니."

영사는 고개를 끄덕이고 물었다.

"이곳의 석실로 두 분을 데려온 이유는 어디에 있습니까?"

만영 주지가 말했다.

"다시는 귀인을 우리 절 안에 모시지 않고자 하는 바람 때문이네. 그리고… 귀인께서 잠시 자리를 비운 사이에도 작은 소란이 있었지."

영사는 눈을 반짝이며 만영 주지를 보았다.

만영 주지가 할 수 없다는 듯이 말했다.

"자객이었네. 귀인을 살해하기 위한 자객."

"어떻게 되었습니까?"

하고 영사가 놀라며 물었다.

만영 주지가 대답했다.

"자객이긴 하지만 함부로 피를 뿌리는 자는 아니었네. 본사의 무승들이 여럿 다치기는 했지만 생명에는 지장이 없는 정도였으니까. 하지만 그를 잡지도 못했네. 무공이 아주 뛰어나더군."

영사는 만영 주지가 직접 손을 썼음을 알았다. 직접 싸워보지는 않았으나 만영 주지의 무공이 아주 높다는 것을 영사는 알고 있었다. 한데 자객이 그와 싸우고도 잡히지 않고 떠났다니 적잖게 놀랄 일이었다.

"장로께서 기다리시니 너무 늦지 않도록 하시게."

만영 주지는 합장을 하고 일어나 아미타불을 외웠다.

그가 돌아간 후에 영사는 작은 석문을 열고 안으로 들어갔
다. 안에는 두 개의 석실이 있었는데 그중 한 곳에서 불빛이
새어 나왔다.

그리고 그 안에서는 말소리가 흘러나오고 있었다.

"흥미롭군. 두 사람 다 그를 알고 있다니 말이야. 하지만
또 둘 다 말은 할 수 없다니. 아무래도 고문을 제대로 해봐야
겠는걸."

젊은 여자의 웃음 섞인 목소리였다.

자객은 벌써 그곳에 와 있었다.

그 여자 괜찮아요

영사는 검군을 뽑아 든 채 석문을 열고 불쑥 들어갔다.

"흥! 걸려들었군!"

소리와 함께 하얀 손이 영사의 목과 가슴을 노리고 뻗어 왔다. 하얗게 펼쳐진 손 그림자가 한순간 수백 개로 늘어났다.

영사는 사람을 보지도 못하고 손을 보면서 용비등신을 펼쳐 피하는 한편 검을 쭉 뻗었다.

"앗!"

소리와 함께 손 그림자는 모두 사라지고 검은 옷을 입은 복면인이 긴 머리를 찰랑거리며 물러나는 것이 보였다.

영사의 검에 잘려진 비녀가 바닥으로 틱! 소리를 내면서 떨어졌다.

영사는 따라가면서 다시 검을 쭉 뻗었다.

복면인은 양손을 가슴 앞에 모아서 활짝 펼치며 오른쪽 옆으로 물러섰다. 필운이 있는 곳이었다.

필운은 벽에 기대앉은 채 고문을 당한 모습이었는데 복면인이 다가오자 갑자기 손을 뻗어 복면인의 머리카락을 움켜잡았다.

"앗!"

깜짝 놀란 복면인이 발로 필운을 차려고 하는데 이번에는 왼쪽에 있던 희겸이 손으로 발목을 움켜잡았다.

필운이 영사에게 버럭 소리쳤다.

"죽여라!"

영사는 검을 복면인의 가슴으로 찔렀다. 하지만 복면인은 오른쪽 어깨를 중심으로 큰 원을 그리며 허공에서 빙글 돌았다.

세차게 뿌려진 발은 희겸의 손을 뿌리쳤고 뒤늦게 솟은 발은 영사의 얼굴을 찼다. 그러면서 복면인은 필운의 오른쪽 옆으로 떨어져 내려 필운이 굳게 잡은 머리카락이 아무 소용없게 만들었다.

몸을 쓰는 재주가 절묘하고 아름다워 탄성이 절로 나올 지경이었다.

영사의 검도 뻗어봤자 소용없게 되었다.

영사는 몸을 낮추어 복면인의 발을 피하며 검을 옆으로 휘둘러 그의 목을 베었다.

하지만 영사의 검은 복면인의 목에 이르기 전에 멈추었고, 높이 떴던 복면인의 발도 영사의 머리 위쪽에서 한순간에 멈춰 버렸다.

복면인의 입에서 자그마하게,

"너, 영사구나!"

하는 말이 흘러나왔다.

영사는 눈을 크게 뜨고 복면인을 쳐다보았다.

복면인의 눈이 반가움으로 가득 웃고 있었다.

"함……."

하고 영사가 말하는 찰나에 복면인이 손가락을 내밀며 영사의 입을 막았다.

"굳이 이름을 말할 건 없잖아. 단영사! 많이 컸네. 공력도 아주 높아졌고……. 또 얼굴도 달라졌고."

영사는 검을 거두고 믿을 수 없어 말했다.

"어떻게!"

복면인은 얼떨떨해하는 필운의 손을 뿌리치고 머리를 흔

들어 올려 묶으며 말했다.

"그래. 나도 그때는 완전 병신이 되는구나 싶었어. 시집도 못 가고 말이야."

"다행이에요."

하고 영사가 기쁨을 참지 못하고 말했다.

필운이 옆에서 소리쳤다.

"잠깐. 이러면 우리는 어떻게 되는 거냐?"

자객이 원래 목표물을 만나더니 갑자기 화기애애한 분위기를 만들어낸 모습이니 필운은 당황하지 않을 수 없었던 것이다.

옆에서 일부러 목을 누른 음성으로 희겸이 말하며 웃었다.

"죽어도 고문은 당하지 않고 죽겠지."

영사는 희겸에게

"안 죽어요."

하고 말했고 동시에 복면인은 필운에게,

"운이 좋았어. 씨발."

하고 말했다.

필운은 기가 믹혀 입을 딱 벌렸다.

함현설은 한마디 더 툭 쏘아붙였다.

"죽일 것 같았으면 영사가 이름을 말할 때 막지도 않았어."

영사는 웃음이 터져 나오려는 걸 겨우 참았다. 함현설은 강산이 반은 변한다는 세월 동안에도 그 성미와 말투는 그대로였다.

함현설이 말했다.

"이번 일은 계산에서 뺄 수밖에. 젠장. 그래도 너를 만났으니 손해 본 건 아니야."

"잠깐만 기다려 줘요."

영사는 그렇게 말한 후에 희겸과 필운의 상태를 살폈다.

함현설이 좀 미안한지 한쪽으로 비켜서 주었다.

필운이 영사에게 툭 쏘았다.

"고문을 잘하더군."

함현설을 두고 하는 소리였다.

함현설은 구석에서 '흥' 하고 코웃음을 쳤다.

필운과 희겸의 상태는 함현설이 정말 고문을 잘해서인지 몸을 크게 상한 것은 아니었다. 함현설은 땅재주와 박투에 능하고 금나법도 잘 쓸 수 있으니 관절을 비틀고 꼬고 뼈를 누르는 방법으로 괴롭혔던 모양이었다.

영사는 투정을 부리는 듯한 필운에게,

"괜찮을 거예요."

하고 말했다.

필운은 영사가 함현설을 두들겨 주거나 죽이지 않는 것이

종내 못마땅한 듯했다.

희겸은 그저 담담한 표정이었다. 그동안 쫓기면서 겪었던 일과 위험이 이보다 더했으면 더했기 때문이었다. 다만 눈빛으로 슬쩍 필운을 보면서 어떻게 할 거냐고 물었다.

영사는 희겸에도 필운에게 말한 것과 똑같이

"괜찮을 거예요."

하고 말하고 웃음을 지었다. 자기가 말해도 우스웠다.

함현설이 키득거리며 말했다.

"맥도 모르는 침쟁이 같은 소릴 하네."

영사는 머리를 긁었다. 그러고 보니 입장이 참으로 애매했다.

함현설은 칠각단에서 함께 먹고살았던 동료였고, 필운과는 그 나름의 의리로 맺어진 친구라 할 수 있었으며, 희겸은 서로 직책의 고하를 논할 순 없어도 사문의 어른이었다.

한데 서로의 입장이 모두 달랐다.

함현설은 원래 그들과 영사마저 죽이러 온 듯했고 필운은 희겸을 잡기 위해 큰 공을 들였으며, 희겸의 입장에서 보면 함현설의 배후가 동심원이라는 확신을 가지고 있는 터였다. 희겸의 생각은 영사도 마찬가지였다.

어떻게 해서 함현설이 자객으로 오게 되었는지는 몰라도 이런 상황에서 자기를 죽이기 위해 자객을 보낼 곳은 희겸을 쫓아왔던 동심원밖에 없었다.

하지만 함현설에게 물어보기도 어려웠다. 자칫하면 칠각
단의 비밀스런 행사에 얽혀들 수도 있는데 영사는 이전에 한
번 의심을 사고 곤욕을 치른 후로 칠각단의 비밀에 대해서는
알기를 꺼려하는 마음이 있었다.

그냥 가볍게 물었다.

"여긴 어떻게 알고 찾아왔어요?"

함현설이 대답했다.

"쳇! 내가 바보냐? 무식하게 공력만 높은 중놈 하나 요리
하는 것쯤이야 식은 죽 먹기지. 못이기는 척하고 숨어줬더
니 저 두 고집덩어리를 이리로 옮기더라고. 젠장. 나도 속았
지 뭐야. 목표물인 줄 알았더니 껍데기뿐이었어. 고집껍데
기."

강호의 음모와 귀계에 익숙지 않은 만영 주지가 오히려 함
현설을 인도한 꼴이었다.

만영 주지에게 들키지 않고 따라오는 정도라면 함현설의
재간도 대단했다. 하지만 원래 칠각단 사람들은 잘 드러내지
않아서 그렇지 모두 무공이 신기하고 높았다. 그들 중에는 고
수가 아닌 사람이 당시에는 영사밖에 없었다.

영사가 물었다.

"제가 목표였어요?"

함현설이 갑갑한지 복면을 벗어버렸다. 화사한 얼굴이 드러났다. 그녀는 성미가 좀 모나기는 했지만 모습은 원래부터 아름다웠다. 하지만 지금의 얼굴은 아름다워도 그녀의 본 얼굴은 아니었다.

영사가 빙그레 웃었다.

"짜식이 웃기는……."

하고 중얼거리며 함현설이 살짝 고개를 돌렸다.

영사가,

"미안해요."

하고 말했다.

함현설이 가볍게 웃는 데 옆에서 또 필운이 한마디 했다.

"잘한다. 나는 옆에 두고서 아예 정분이 나는구나."

함현설은 다리를 번쩍 들어 올렸다. 곧게 선 다리의 발이 천장을 가리켰다.

필운은 '끙차' 소리를 내며 옆으로 물러나 싸울 태세를 갖췄다. 공력도 온전하지 못하고 몸도 엉망이지만 그는 싸움을 피할 사람이 아니었다.

영사가 재빨리 말했다.

"그런 거 아니에요."

함현설이 필운을 노려보며 말했다.

"아가리 닥치지 않으면 확! 죽여 버리겠어."

고운 얼굴과는 전혀 어울리지 않는 거친 말투였다.

필운은 얼굴이 붉으락푸르락했다. 입을 열어 욕을 하려는데 함현설이 더 빨리 말했다.

"영사를 믿고 있는 거라면 찌그러져 있어! 일단 내가 죽여버리고 나면 영사가 나한테 뭐라고 할 것 같아?"

필운은 기가 차서 영사를 보았다. 눈은 정말 그렇게 가까운 사이냐고 묻는 듯했다.

영사는 머리를 긁었다.

함현설의 말은 사실이었다. 그녀가 다짜고짜 필운을 죽여버리고 나면 영사로서도 딱히 방법이 없었다.

그녀와 함께 여행하고, 함께 배우고 노래하며, 함께 싸운 적도 있었다. 그녀가 가장 힘들어하던 순간도 영사는 그녀와 함께했다.

"허어!"

필운은 복장 터지는 소리를 내뱉고 나서는 동정을 구하듯 희겸을 힐끗 보았다.

그는 아직도 희겸의 정체를 모르고 있었다. 다만 수상한 놈이라는 생각만 하고 있는 정도였다.

그러나 희겸은 희겸대로 찔리는 것이 많아 구석에서 조용히 앉아 있을 뿐 필운을 돕거나 고문을 했던 함현설과 싸우려 하지 않았다.

필운도 머리를 절레절레 흔들며 한쪽 구석에 가서 앉았
다.

"흥! 쥐좆도 아닌 게."

하는 함현설의 욕설에 속이 울컥했지만 주먹만 부르르 떨
고 말았다.

함현설은 그새 머리를 돌려서 영사에게 물었다.

"넌 어떻게 나를 알아봤니?"

영사가 말했다.

"긴가민가했어요. 목소리가 익숙한데… 다 나았으리라곤
생각지도 못했어요. 그러다 몸 쓰는 것을 보고 알았어요. 그
런 몸은… 남이 할 수 없는 거잖아요."

함현설이 킥킥거리며 웃었다.

"나도 네 손에 들린 검을 보고 나쁜 놈인 줄 알았다가 네 몸
쓰는 걸 보고 알았다. 얼굴은 잘도 바꿨네. 이제 상당히 근사
하겠지?"

영사가 멋쩍게 말했다.

"똑같아요."

함현설이 얼굴을 가까이 가져와서 빤히 보며 물었다.

"수염도 많이 났니?"

영사는 한 걸음 물러서며 말했다.

"조금밖에 안 났어요."

함현설이 장난스럽게 말했다.

"이 거리면 너도 피하기 어렵겠지? 네가 목표인데 그냥 확 저질러 버릴까?"

영사가 한숨을 쉬면서 말했다.

"안 그런다는 거 알아요. 저분이 불안해하니까 그런 말 마세요."

"호호호호!"

함현설이 배를 잡고 깔깔 웃었다.

허리를 다쳐 앉은뱅이가 되어 헤어질 때 함현설은 지금의 영사의 나이와 비슷하거나 더 어렸다. 영사는 그동안 함현설이 여자에 좀 더 가까워졌구나 하는 이상한 생각을 했다.

함현설이 놀리듯이 필운을 보며 말했다.

"필연생이 뭘 그런 걸 걱정할까? 이번에도 또 살아났잖아. 내 손에 걸렸는데 말이야."

필운은 눈을 치켜 뜨고 함현설을 쏘아보았지만 함현설은 그 정도에 흔들리는 여자가 아니었다.

영사의 어깨를 잡고 귀에 대고 속삭이듯이 말했다.

"난 가야겠다. 며칠 동안은 이 근방에 있을 테니 널 보러가마."

영사가 물었다.

“제가 어디 있는지 알고 있어요?”

함현설이 웃으며 말했다.

“우리가 모르는 건 별로 없어.”

함현설은 의미심장한 눈으로 희겸을 한번 보았다. 최소한 필운과 함께 있을 인물은 아니라는 사실을 알고 있는 눈빛이었다. 칠각단은 이상하게도 강호의 인물들이며 온갖 것에 대해서 잘 알고 있었다.

“깜박했어요.”

하고 말하며 영사는 작게 웃었다.

“참!”

하고 함현설은 나가려다가 돌아서면서 물었다.

“혹시 너 편지 받았니? 손수건 편지 같은 거.”

희겸이 자기도 모르게 눈을 잠시 움직였고 영사는 고개를 저었다.

“그런 적 없었어요.”

“네가 없다면 없는 거겠지.”

함현설은 고개를 한번 끄덕이고는 영사가 들어오며 열어놓았던 석문으로 손을 흔들며 사라져 버렸다.

필운이 화난 음성으로 말했다.

“잘한다, 자객도 풀어주고.”

영사가 말했다.

"그냥 갔잖아요."

필운은 자기 팔을 들어 보이며 말했다.

"흥, 그년이 얼마나 지독한지 너도 한번 겪어봤으면 그런 소릴 안 하겠지. 근육을 꼬집고 비틀고 누르는데, 아주 악독한 년이야."

필운의 왼팔은 성한데 없이 멍이 들어 있었다. 어깨는 화살이 박혔다가 빠졌기 때문에 잘 움직이지도 못했다.

영사는 슬그머니 고개를 돌려서 모른 척했다.

"독은 잘 해독된 것 같군요."

하고 말을 꺼내며 화제를 바꾸었다.

희겸이 물었다.

"누가 우리를 치료했느냐?"

필운도 함께 물었다.

"저 사람은 누구냐?"

영사는 금방 대답할 수가 말했다.

희겸과 필운은 영사의 입만 보고 있었다.

영사는 조금 생각다가 머뭇거리며 말했다.

"몰라도 괜찮아요."

희겸이 피식 웃었다.

필운은 황당한 듯이 가만있었다.

영사가 밖으로 나가려 하자 일어서면서 필운은 혼잣말로

중얼거렸다.

“그러다 ‘그 여자 괜찮아요’ 하는 소리도 나오겠네.”

영사가 듣고 머리를 끄덕였다.

“예. 그 여자 괜찮아요.”

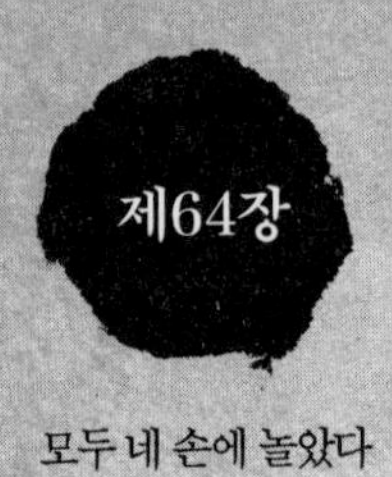

제64장

모두 네 손에 놀았다

필운은 남자였다. 영사가 얼버무리고 말하지 않은 것들에 대해서는 캐묻지 않았다. 자기와 관련된 상황을 파악하는 것으로 그쳤다.

삼호장 중에서 둘을 죽인 것에 대해서도 고개를 끄덕이는 정도였다. 그리고 오덕손이 구법당이라는 말에 쓰게 웃으며 말했다.

"관계(官界)가 원래 그런 거야. 적당히 썩고… 알면서도 모르는 척해줘야 일이 돌아가."

"썩지 않은 사람들을 쓰면 안 되는 건가요?"

하고 영사가 물었다.

필운은 말도 꺼내지 말라는 듯이 손을 흔들었다.

"나태하고 무능하지. 긴장도 없고. 조금 썩은 자들은 그래도 양심이 남아 있어서 열에 일곱 여덟 가지 일은 제대로 해놔. 한네 소위 깨끗하다는 깃들민 모아놓으면 서로 티끌이나 찾으면서 한두 가지 일도 못 해내. 서로 눈깔 번득이면서 남의 흠만 찾으면 공을 세운 줄 아는 것들이 대부분이야."

영사가 또 물었다.

"지호장은 그런 부류도 아니더군요."

필운이 고개를 끄덕이며 말했다.

"그자는 좀 지저분한 자야. 아무데나 들쑤시고, 분수도 모르지. 딱히 나쁜 일도 하지 않지만 직접 도움이 되는 것도 아니야. 그래도 사람을 많이 부리려면 그런 자 한 명쯤은 꼭 필요하지."

영사는 이해가 되지 않아서 의아한 표정을 지었다.

필운이 말했다.

"그런 자가 한 명 있으면 내가 속속들이 알지 못해도 부하들을 부류별로 모아주거든. 깨끗한 놈들은 깨끗한 놈들끼리, 유능한 놈들은 유능한 놈들끼리. 그자처럼 지저분한 자들은 또 그자 주위에 모여서 그 역할을 선명하게 해주지."

"아하!"

하면서 영사는 고개를 끄덕였다.

필운이 말했다.

"거느리는 자가 많아질수록 사람을 알아보는 눈은 점점 없어져. 흠이 있는 자들도 써야 한다는 생각을 근본에 깔고 있기 때문이지. 그래서 종종 실수도 하게 되는데, 요성면 같은 자가 한 명 있으면 내가 그런 실수를 할 경우가 적어지지. 필요한 경우마다 이쪽에서 또는 저쪽에서 뽑아 쓰면 되니까."

"제가 아저씨의 보물을 죽였군요."

하고 영사가 말했다.

"하하하!"

필운이 소리 내어 웃었다.

"큰일 날 소릴 하는군. 그런 자를 보물로 여긴다면 내가 뭣이 되게. 사람들이 피해가게 하려면 개똥이 필요하기는 하지만 보물은 아니잖아."

영사는 필운에게서 개똥도 쓸 데가 있다는 것을 배웠다.

필운은 영사가 불편해하는 기색이 있자 혼자서 먼저 장안으로 돌아갔다.

영사는 향적사 아래의 객점에서 희겸과 함께 점심을 먹었다. 희겸은 그때까지 영사에게 별 다른 말이 없었다.

객점에서 변검을 푼 영사를 알아본 사람들이 '단 공자다!'

하면서 수군거렸다.

식사가 끝나자 희겸이 나직하게 물었다.

"내 처는 무사한가?"

동굴 속에서 영사의 등에 업혀 있을 때도 마지막으로 물었던 말이다.

영사가 대답했다.

"예. 제 집에 모셨습니다."

희겸은 길게 한숨을 내쉬었다. 큰 시름을 내려놓은 듯 보였다.

근 일 년 동안 희겸은 아내를 보지 못했었다. 그녀에게 돌아가겠다고 약속했던 날이 가까웠다. 아직 그녀를 만나지는 못했으나 천신만고를 넘었으니 벌써 만난 듯이 안도가 되었다.

영사가 말했다.

"부인께서는 아주 훌륭하신 듯하였습니다."

희겸이 입가에 미소를 지었다.

"좋은 사람이지."

영사는 웃으며 말했다.

"아드님이 총명해 보였습니다."

희겸이 또 평온한 미소를 지으며 말했다.

"그 사람을 많이 닮았지. 딸아이도. 자네는 내가 왜 아이들

소식은 묻지 않는지 아는가?"

영사는 대략 짐작했지만 웃으며 대답하지 않았다.

희겸은 아내를 생각하며 좋은 표정을 짓고 있었다.

"그 사람이 무사하면 아이들은 무사하지 않을 리가 없기 때문일세. 내 처는… 그런 사람이지."

영사는 희겸이 몹시 부러웠다.

희겸의 아내 양씨와 같은 부인을 이전에는 본 적이 없었다. 현숙(賢淑)하다는 말 외에는 어떤 말로도 그녀를 표현할 수 없을 것 같았다.

영사가 알고 있는 많은 여인들은 모두 양씨와 달랐다. 강남에서 보았던 부자들의 처와 첩, 딸들도 마찬가지였다.

그나마 가장 비슷한 사람이 있다면 전에 거지였을 때 보았던 농부의 처였다. 그 여자는 아름답지도 않고 지혜롭지도 않았으나 남편을 따라 성안에 들어와 채소를 팔았는데, 영사는 그녀가 어리석은 남편을 다독이고 격려하면서도 오히려 그를 순종하여 따르는 모습에 감명을 받아서 한참이나 보고 있던 적이 있었다.

남편이 손님과 다투면 남편을 달래고 손님께 사죄하는 것도 그 여자의 일이었고 돌아갈 때는 벌었던 돈을 보고 기뻐하며 남편을 우쭐거리게 했었다. 그 여자를 여러 번 보았는데 항상 웃는 얼굴이었으나 일부러 다른 사람에게 웃어주는 것도 아니었다. 마치 남편이 옆에 있기 때문에 웃는 것 같았다.

영사는 양씨가 아니라 그 여자도 좋은 아내라는 생각이 들었다. 용모가 뒤떨어지고 배운 바도 적겠지만 그것은 아무런 문제가 아닌 것처럼 여겨졌다.

그런 아내가 있나면 아주 기쁠 것 같았다. 행복할 것 같았다.

영사는 상념을 흩어버리고 말했다.

"부인께서 저를 찾아오셨을 때 깜짝 놀랐습니다."

희겸이 말했다.

"고맙네. 나도 그런 결정을 내리기가 쉽지 않았어."

영사가 가만히 기다리자 희겸이 말했다.

"동심원의 추적을 피하고 필운 그 사람의 추적도 피하면서 오던 길인데, 그가 번번이 나를 놓치자 화가 단단히 난 것 같았네. 가족을 잡으려 하겠구나 하는 생각이 들더군. 그들은 우리가 아니니까."

사문의 율법은 잘못이 있다 하더라도 사문에 속한 자의 가족을 벌하지 못하게 하고 있었다. 그것은 배신자에게도 그대로 적용되었다. 그래서 희겸은 가족을 염려히기는 해도 동심원이 자기익 가족을 해할 것이라고는 생각지 않았던 것이었다.

희겸이 말을 이었다.

"하지만 아무리 생각해도 보호할 방법이 떠오르질 않았어. 대체 필운이 다 안 것 같지도 않은 데 내 꼬리를 밟아왔는지를 모르겠으니 경거망동할 수도 없고……."

영사가 미안한 표정으로 말했다.

"제가 그에게 부탁했습니다, 부빈왕래라는 사람에 대해서 자세히 알아달라고."

희겸이 고개를 세우며 눈을 둥그렇게 떴다.

영사가 말을 덧 붙였다.

"모셔다가 제 기업의 경영을 맡기고 싶었습니다."

"고작 그 이유가 나를 열 번도 더 죽을 뻔하게 만들었군."

희겸이 어이없는지 풋! 하고 웃었다.

영사는 죄송스러워 고개를 들지 못했다.

필운은 영사의 부탁을 들어주려다 희겸의 수상한 점들을 포착하고 긴 과정을 그쳐서 그를 역모의 주동자로 결정짓고 추적하기에 이르렀던 것이다.

동심원의 추적만이었다면 희겸은 일 년 전 동심원으로 들어갈 때 이미 달아날 방도를 다 마련해 두고 있었다.

그 계획을 제대로 써보지도 못하고 생사의 고비를 넘나든 이유가 필운의 추격 때문이었는데, 그 이유가 또 영사의 단순한 부탁 때문이었다니 어처구니가 없었다.

영사는 마치 겁이 난 소년처럼 한 번 더 잘못을 빌었다.

"그런 사정이 있을 줄 몰랐습니다. 용서해 주세요."

희겸은 쓴 입맛을 다셨다. 염왕부의 염왕사자, 그것도 부주인 영사가 용서를 비는 것이 우습고도 어색했다.

희겸이 말했다.

"내가 꾸민 일에 그런 허점이 있을 줄은 몰랐다. 자네의 호기심을 부추길 줄이야. 내 책임도 없지는 않겠어. 하지만, 휴… 자네는, 나한테 이 빚을 톡톡히 갚아주어야겠네."

"예."

하고 영사가 대답했다.

희겸은 춘추림의 림주이지만 그 이전에 영사가 알기로는 기막힌 장사꾼이었다. 그가 빚을 갚으라고 요구한다면 단단히 각오하지 않으면 안 될 것 같았다.

얼굴 가득 긴장한 표정을 숨기지 못했다.

영사는 잘못하여 꾸지람 듣는 일을 경험한 적이 거의 없어서 익숙하지 못했다. 고개를 숙인 채 마음속으로는 일어나서 무릎을 꿇어야 하는가 마는가를 생각했다. 그러다 이왕이면 꿇어버리자고 작정하고 희겸이 앞에 무릎을 꿇고 머리를 숙였다.

희겸은 기가 찬 듯이 자기 머리를 짚었다.

객점의 손님들과 점원들이 영사와 희겸을 이상하다는 듯이 구경하고 있었다.

희겸이 전음으로 물었다.

"총순찰을 아느냐?"

"예."

하고 영사는 역시 전음으로 대답했다.

희겸이 말했다.

"어떻게 아느냐?"

영사가 고개를 숙인 채 대답했다.

"제 사부님의 원수입니다."

희겸이 말했다.

"나는 총순찰을 통해서 네가 동심원의 적이라는 사실을 알았다. 하지만 총순찰은 네 존재를 알면서도 비밀로 하고 있었다. 직접 죽이려는 생각인 것 같기도 했고 두려워하는 것 같기도 했다."

그 사실이 희겸으로 하여금 그의 처자를 영사에게 보내게 만든 것이었다.

영사가 말했다.

"제가 조금 손을 썼습니다."

총순찰 나인채를 두고 하는 말이었다.

희겸은 한숨을 내쉰 후에 또 말했다.

"그 자객은 동심원에서 보냈다. 총순찰이 나나 너를 죽이기 위해서 보냈을 가능성이 크다. 그 사실을 알고 있느냐?"

영사가 대답했다.

"짐작하고 있었습니다."

희겸이 말했다.

"동심원이 추적하던 일을 중단한 원인도 바로 그 여자가 추적조를 제거했기 때문일 것이다."

영사는 머리를 끄덕였다.

희겸이 말했다.

"그런데 그 여자는 또 네가 잘 아는 여자고……."

영사는 쥐구멍을 찾아서 들어가려는 듯이 웅크리며 고개를 끄덕였다.

희겸은 한숨을 쉬면서 말했다.

"모두가 네 손에 놀아났구나. 나나 필연생이나 총순찰이나……. 그 여자나 모두 다."

영사가 작은 소리로 말했다.

"의도한 것은 아니었습니다."

희겸은 속이 얼마나 상했는지 말도 더 하지 않았다. 그 역시 지모(智謀)와 신산(神算), 귀계(鬼計)를 무공보다 더 중시하며 살아온 사람이었다.

제 목숨과 가족의 안위, 이 모두가 자기의 계획이 아닌 영사의 엉뚱한 손에 놓여 이리저리 놀아났다는 것이 분하고도 기막혔다.

희겸은 술을 시켜 연거푸 일곱 잔을 마셨다. 한데 그다음에 다시 보니 영사의 모습이 보이지 않았다.

'아차!'

하고 희겸은 속으로 외치며 술잔을 떨어뜨리고 말았다. 그 사이에 단영사가 도망가 버린 것이었다.

희겸의 수중에는 돈도 없고 패물도 없었다. 오직 하나, 동심원에서 일 년 동안 신분을 숨기고 있으면서 되찾아온 춘추 소도령 하나뿐이었다.

기가 막혀 웃음도 나오지 않았다. 영사가 이처럼 맹랑하리라곤 생각조차 못했다.

어떤 젊은 여자가 옆에 있는 남자에게 작은 소리로 소곤거리는 말이 들렸다.

"어머, 돈이 없는가 봐."

하지만 그 소리는 영사와 희겸이 벌인 소동 아닌 소동으로 인해 객점이 조용해진 후였기 때문에 모든 사람들이 다 들을 수 있었다.

희겸은 자기도 모르게 속으로 남자에게 돈이 떨어지고 없다는 것을 여자들은 무슨 수로 저처럼 빨리 알아채는 것일까 하고 생각하다가 터무니없음에 웃고 말았다.

어쨌든 장안으로 돌아왔다.

장사꾼에게는 물건을 다 팔고 났을 때 돈이 남았는가가 중요하고, 이번 강호의 행사에는 살아서 돌아올 수 있는가 하는 것이 중요했다.

객점 주인으로 보이는 자가 와서 희겸에게 조심스럽게 말했다.

"나으리, 음식값이 문제라면 아무 걱정 하시 않으셔도 됩니다. 저희 객점은 단 공자께서 모셔온 손님께는 언제든지 술과 음식을 무료로 제공할 준비가 되어 있습니다."

희겸은 이건 또 무슨 소린가 싶었다.

객점 주인은 진지하게 말했다.

"그저 단 공자께 소인이 그랬다는 한 말씀만 전해주시면 고맙겠습니다."

희겸은 손으로 탁자를 가볍게 치며 탄식을 토했다.

"단영사, 단영사, 네가 정녕코 나를 주무르고 마는구나."

한데 그 말을 하고 보니 영사가 다시 보였다.

희겸은 입을 다물었다.

어디서 가져왔는지 영사는 손가락 굵기의 회초리를 한 다발 들고 있었는데 탁자 한쪽에 조심스럽게 내려놓고 다시 무릎을 꿇었다. 영사는 노방산 섯이 아니라 벌을 받기 위한 회초리를 가지러 갔던 것이다.

희겸은 영사를 다시 보았다. 찬찬히 살폈다. 영사는 고개를 숙이고 희겸의 처벌을 기다리는 중이었다.

염왕부와 춘추림은 모두 사문의 한 조직이지만 엄연히 별개로 움직이는 곳이다. 한데도 영사는 희겸을 사문의 어른으로 대하며 기꺼이 체벌마저 감수하려 하고 있었다.

희겸은 원래 화가 많이 나 있었지만 영사의 어처구니없는 진지한 행동을 보고 성이 누그러졌다. 염왕사자 우전이 제자를 잘 두었구나 하는 생각마저 들었다.

그만한 무공과 지위가 이십 세 이전에 있으면 교만하기 십상이건만 영사에게는 그런 기미가 전혀 보이지 않았다.

잘못이 있어도 염왕사자의 직책이 있는 한 희겸은 그를 직접 문책할 수도 없는 입장이고, 지금은 염왕사자를 문책할 수 있는 사문의 모든 기능이 마비 상태에 있어서 사실상 이도 저도 할 수 없었다.

영사로서는 잘못이 없다면 설득하고 해명하여 풀어나가겠지만 부지간에 해를 끼친 죄가 있으니 도리없어 내놓은 게 회초리였다.

번듯하게 자라고 떠받듦을 받으면서 살아왔더라면 못할 일이었지만 영사에게 이런 일은 아무것도 아니었다.

희겸은 회초리를 밀어놓았다.

잠시 시간이 흘렀지만 영사는 같은 태도를 견지하고 있었다.

결국 희겸이 한숨을 쉬면서 말했다.

"너는 벌써 중책을 맡은 사람이다. 하지만 네 스승이신 그 분을 대신해서 내가 가르쳐야 할 게 많을 것 같구나."

영사는 손을 바닥에 짚고 절했다.

희겸이 말했다.

"나도 땅 밑에서 너를 겪어봤으면서 잠시 오해를 했다. 일 어나라. 딱 이 정도면 서로 억울할 것도 없을 것 같다. 나를 작은 숙부라고 불러라."

영사는 세 번 절하고 일어났다. 희겸이 한 번 절하는 것으 로 답례했다.

희겸이 취기 오른 얼굴로 말했다.

"너는 바른 것 같은데도 예측하기가 힘들구나."

영사는 머리를 숙이고 대답했다.

"천하게 자란 때문일 것입니다."

희겸이 말했다.

"근본을 잃지 않으니 마침내는 귀하게 되겠지."

영사는 일어나 자기가 입었던 겉옷을 벗어서 희겸에게 예 물로 바쳤다. 여름옷이었지만 그것도 진옥이 희 부인에게 가 시 지이온 것이었다.

희겸이 부인 양씨의 바느질 솜씨를 알아보고 만감이 교차 하는 표정을 지었다.

영사는 생각이 깊었지만 어떤 행동은 생각한 후에 하지 않고 느낌이 가는 대로 행하기도 했다. 하지만 뒤에 생각해 보면 반드시 그 이유가 있곤 했는데 희겸에게 절하고 숙질 간을 맺은 것도 그 일환이었다.

항상 높아지고 싶은 열망을 가지고 있던 영사가 희겸을 기꺼이 마음속 깊은 곳에서부터 윗사람으로 받들어 모시게 된 큰 이유는 희 부인을 먼저 만나보았기 때문이었다.

희 부인과 같은 사람의 남자고 또한 희겸 역시 희 부인을 그처럼 존중하는 모습을 보였기에 영사는 자기도 모르는 사이에 그를 믿고 따라도 된다고 여겼던 것이었다.

희겸이 말했다.

"나는 이제 살 곳이 없구나."

영사가 고개를 번쩍 들었다.

희겸이 웃고 있었다. 영사가 처음에 원했던 대로 몸을 의탁하겠다는 말이었다.

영사가 기쁘면서도 미안하고 부끄러워 작은 소리로 말했다.

"불 내게 시킨 사람한테서 집을 뺏어드리겠습니다."

제65장

두 여자의 비밀

매진보는 강변을 노려보다가 활을 내려놓았다.

"맞았소?"

이검상(李劍詳)이 물었다. 흠결이 있는 그의 시력으로는 달이 있어도 밤중에 강변까지 볼 수가 없었다.

매진보는 통증이 밀려오는 가슴을 손바닥으로 눌러 가라앉혔다.

"쇠화살을 베었어요."

이검상은 아쉬운 듯이 말했다.

"매순찰의 공력이 온전했다면 능히 잡았을 텐데. 그만 쉬시오."

"존명!"

매진보는 허리를 숙이고 말한 후에 선실로 들어갔다.

이검상은 눈을 찌푸렸다. 속으로 생각했다.

'허 장로(許長老)마저 중상을 입은 마당에 매순찰 너는 무슨 꿍꿍이냐? 내가 밤눈이 어둡다고 해도 바로 옆에 있었는데 네가 화살에 손수건을 걸어서 쏘는 것조차 못 봤겠느냐? 못 본 척해달라는 건지 속이려는 건지 알 수가 없구나.'

매진보는 동심원의 순찰이고 이검상은 원주 직속 조직인 사령대(司令臺)의 사령이었다. 순찰감(巡察監)의 임무는 중요하고 비밀스러운 일을 처리하는 것임에 반해 사령대는 중요하고 규모가 큰일을 맡아서 처리해 왔다.

사령대의 사령이 공식적으로 한 번 움직이게 되면 일개 문파 하나가 흔적도 없이 사라지는 것은 아무것도 아니었다.

그래서 이검상은 이번에 드러내 놓고 움직이지 않았다. 그가 움직였다는 사실이 알려지면 동심원 전체가 술렁일 수도 있기 때문이었다.

"일부러 맞추지 않았을지도."

하면서 이검상은 혼자 웃었다.

매진보는 서른 살이 넘은 노처녀였고 상대방은 스물 전후의 소년이었다. 방심이 흔들려 손수건을 달아 보냈다 해도 그다지 이상한 일은 아니다. 이검상은 한 번은 그렇게 생각해 주기로 결정했다.

허 장로까지 출동했음에도 희겸을 잡지 못한 것이 아쉬웠다. 한 번 관의 손으로 떨어진 이상 희겸은 살아남기 어렵다.

이검상은 뱃전에 가부좌를 틀고 앉아 눈을 감았다.

"만났으면 좋았을 것을."

하고 이검상은 중얼거렸다.

이것은 어젯밤의 일이었다.

이검상은 여전히 뱃전에 가부좌를 틀고 앉아 강변에 펼쳐지는 푸른 갈대밭이며 서 있는 듯이 보이는 암소와 송아지 따위를 보고 있었다.

함현설은 물에서 불쑥 올라와 배의 난간을 잡고 솟구쳤다가 갑판에 내려섰다.

차창!

하는 소리와 함께 검이 뽑혀지며 어느새 여섯 개의 검이 함현설의 몸을 겨누었다. 함현설은 몸을 꼬고 머리를 크게 휘둘러 물을 떨쳐 내면서 말했다.

"뒈지고 싶으면 그대로 있어."

흑의를 입은 동심원의 검수들이 즉시 물러서면서 검을 거두었다.

"지랄……."

하고 중얼거리며 함현설은 물기 때문에 몸에 붙은 옷을 손가락으로 짚어 떼어냈다.

선실에 있던 매진보가 나오며 피풍의를 건네주었다.

"감아!"

함현설은 피풍의로 몸을 감싸고 머리를 몇 번 더 흔들었다. 온몸이 요동치며 머리카락은 물결처럼 넘실거렸다.

매진보가 말했다.

"비녀는 어쩌고?"

함현설이 피식 웃으며 말했다.

"잘렸어, 내 모가지 대신에."

매진보가 말했다.

"내 화살도 잘렸어. 큰소리치더니 나보다 나을 것도 없네."

함현설은 이검상에게로 고개를 돌리고 말했다.

"이봐요. 아저씨! 여기선 아저씨가 제일 높죠?"

매진보는 아주 당황했고 이검상은 쓴웃음을 지으며 말했다.

"무슨 일이오?"

함현설이 말했다.

“보고하려고요.”

이검상은 뭐 이런 게 다 있나 하는 듯이 몸을 돌렸다.

하지만 배 위에 있는 매순찰의 부하들은 비록 난감한 표정이기는 했지만 이런 상황에 익숙한 듯 보였다.

마지못해 이검상이 말했다.

“보고해 보시오.”

함현설은 선실 입구 옆에 있는 나무 상자에 걸터앉으며 말했다.

“이번 건 계산에서 빼달라고 말해주세요. 젠장… 내가 죽일 수 없는 놈이었어요.”

이검상은 매진보에게로 시선을 돌렸다.

매진보가 말했다.

“사령님, 그녀는 우리에게 백 번의 부채(負債)가 있습니다. 지금까지 서른여섯 번을 갚았으니 예순네 번이 남았습니다.”

이와 같은 것은 동심원에서 외부 고수를 동원하는 방법 중의 하나였다.

함현설이 말했다.

“빙금 전께 서른일곱 번째였는데 그걸 빼달라고요. 시켜도 더 못하겠으니까. 대신에 젠장, 어젯밤에 추적을 막았던 서른여섯 번째도 계산에서 빼도 말하지 않겠어요.”

이검상은 미간을 찌푸렸다.

함현설이 말하는 투가 마음에 들지 않기도 했지만 동심원에 부채를 진 사람은 요구받았을 때 그것을 미루지 못한다.

그것은 애초의 약속이었다. 아무리 위험하고 설사 죽을 것이 뻔한 일이라 할지라도 목숨을 걸고 이행해야 하지 건너뛰어서는 안 되었다.

감히 이렇게 요구하는 경우도 없었다.

이검상이 표정을 싸늘하게 하여 함현설을 노려보는 데 매진보가 말했다.

"그녀는 특별합니다."

이검상이 딱딱한 어조로 말했다.

"매순찰은 항상 이렇게 일하시오?"

매진설이 고개를 떨어뜨리며 입을 다물었다.

사령과 순찰은 서로의 일이 다르지만 사령이 있다면 순찰은 그 명을 받아야 한다. 사령(司슈)은 말 그대로 우두머리고 대국을 주제하는 사람이기 때문이었다.

함현설이 발딱 일어서면서 말했다.

"시발, 규칙은 나도 알아. 그러니까 나도 하나 손해 보겠다는 거 아니야."

이검상은 눈을 부릅떴다.

"노려보면 어쩔 건대? 꼰대 새끼가 나하고 한판 붙자는 거야 뭐야?"

함현설이 피풍의를 옆으로 던져 버리며 발작하듯 말했다.

"나도 오늘 기분 더럽단 말이야!"

순간 이검상의 몸이 가부좌를 한 채로 솟구쳐 올랐다.

함현설은 입을 이죽거리며 두 주먹을 가슴 앞에 차례대로 세웠다.

눈 깜짝할 사이에 이검상과 함현설은 여섯 번의 주먹과 다섯 번의 발질을 주고받았다. 바람이 모였다가 터지는 소리가 연이어 났다.

함현설은 선실 벽까지 주룩 밀려갔다. 이검상은 허공에서 발끝은 세우고 그녀의 앞으로 내려서며 버들잎을 연상시키는 손짓으로 그녀의 가슴을 후려쳤다. 그러나 함현설은 도저히 방법이 없는 것 같은 상황에서 발을 높이 들어 원을 그리고 휘저으며 이검상의 손바닥을 마주 차버렸다.

펑! 소리가 나면서 함현설은 선실 벽을 부수고 들어가 버렸고 이검상은 한 걸음 뒤로 물러섰다.

함현설이 일어나면서 중얼거렸다.

"시팔. 고수를 세 번이나 만나는 날이네. 재수 더럽게……. 중놈에 서시 너석……. 그럼 이번엔 창녀 세낀가? 그중에 저 새끼가 제일 못생겼어."

이검상은 묵묵히 서서 함현설을 노려보았다.

무공이 아직 자기에게 미치지는 못했지만 그녀의 나이를

생각해 보면 대단했다. 이검상은 함현설과 같은 나이에 그런 경지에 도달하지 못했었다.

이검상은 그녀의 욕설을 귓전으로 흘려버리며 매진보에게 물었다.

"자객으로만 약속된 자인가?"

매진보는 물러나 있었지만 언제든지 끼어들어 말릴 준비를 하고 있다가 대답했다.

"그렇습니다."

이검상이 중얼거리듯 말했다.

"자객이… 강하군."

자객은 암행과 은밀함, 살법의 교묘함을 갖춘 인물이지, 함현설처럼 무공이 뛰어난 자들이 되는 게 아니었다. 이검상은 그것을 두고 한 말이었다.

매진보가 다시 말했다.

"그렇습니다."

이검상이 함현설을 묵묵히 보다가 말했다.

"내게 무례한 죄도 있으니 하나를 더 감하겠다."

매진보가 허리를 숙이며 말했다.

"감사합니다."

이검상은 됐다는 듯이 손을 흔들고 뱃전에 가서 가부좌를 틀고 앉았다.

함현설은 다리에 달라붙은 옷을 떼내며 작은 소리로 중얼거렸다.

"꼰대 맞네. 씨… 처음부터 그렇게 말했으면 좀 좋아."

매진보가 그녀의 입을 억지로 막고 피풍의를 둘러서 선실 밑으로 끌고 내려갔다. 뒤에서 그녀의 부하들이 깨어진 벽과 기물을 정리하기 시작했다.

아래층의 선실에 들어가 매진보는 문을 탁! 소리가 나도록 닫고 그 위에 이불을 건 후에 전음으로 말했다.

"대체 무슨 일이 있는 거야? 너답지 않게."

함현설이 손으로 얼굴을 감싸고 있다가 떼고 머리를 한 번 흔들면서 말했다.

"별것 아니야. 목표가 내가 죽일 수 없는 녀석이었다는 것뿐이야."

매진보가 손으로 함현설의 입을 막았다.

"전음으로 해. 전음으로 해야 겨우 사령의 귀를 가릴 수 있을 정도야."

함현설이 입을 비죽거리며 전음으로 말했다.

"사령? 그게 그렇게 대단해? 너희는 전음노 엿듣는다더니, 정말 그레?"

매진보가 고개를 끄덕였다.

"지존께서 창안하셨던 방법이야. 지존께서는… 그 외에도 은밀한 곳이나 벽 뒤를 보는 법까지도 창안하셨어. 그건 다른 사람들에게 전수해 주지 않으셨지만."

지존이라는 말이 나오자 함현설은 입을 다물었다.

매진보가 표정을 고치고 책망하듯이 말했다.

"한데 사령한테 그게 무슨 짓이야? 그냥 나한테 이야기했으면 알아서 처리했을 텐데."

함현설이 선실의 침상에 풀썩 주저앉으며 말했다.

"원래 같으면 그랬을 텐데……. 그 녀석을 보고 나니 못 참겠더라고. 누군가를 벅벅 긁어놓고 싶었어."

"네가 죽을 수도 있었어."

매진보가 기가 찬 듯이 말했다.

"사령은 사령대를 통틀어서 다섯밖에 없는 고수야. 이제 희(姬) 사령이 배신하고 나가 버렸으니 넷밖에 남지 않았지만."

함현설은 입을 다물고 쓸쓸한 표정을 지었다. 매진보에게는 그녀의 그런 모습이 아주 낯설었다.

함현설은 아름답고 무공도 강했지만 항상 당돌하고 말은 제멋대로이며 거칠었다. 그렇지만 그녀는 늘 자기의 선을 지켜서 다른 사람들과 거의 접촉하려 하지 않았다.

동심원에서는 매진보가 그녀의 유일한 지기(知己)고 가까운 사람이라 할 수 있었다. 업무상 자주 대할 수밖에 없었던 매진보도 처음에 그녀의 말투와 표정에 화가 나서 몇 번이나 싸웠지만 점차로 그녀가 사람은 참되다는 것을 알고 친구가 되었다.

매진보는 달래듯이 말했다.

"사령이 그 정도로 해준 것도 파격적이야. 그리고… 이제 사령은 염려하지 않아도 돼. 그들은 통이 커. 사령(司令)이니까."

사령대의 사령은 동심원의 조직에서 장로원의 장로와 맞먹는 최고위층이었다. 순찰감의 순찰들 중에서는 가장 높은 총순찰만이 사령과 같은 급에 있다고 할 수 있었다. 하지만 총순찰조차도 사령이 뜨게 되면 업무에 있어서는 사령의 명을 받아야 했다.

그렇기 때문에 다섯 사령 중의 한 명인 희겸이 배신하고 춘추소도령을 가지고 나간 이 일은 동심원 전체를 뒤흔든 대사건이었다.

동심원은 아직도 희겸이 춘추소도령을 가지고 나간 이유를 파악하지 못하고 있었다.

함현설이 힘없이 밀했다.

"사령이고 나발이고… 이제 돌아가고 싶어."

매진보는 가슴이 철렁하여 말했다.

"무슨 소리야. 어디로?"

　　함현설의 성격에 앞뒤 안 돌아보고 돌아간다면서 떠나 버
린다면 매진보는 자기 손으로 그녀를 쫓아가 죽이지 않을 수
없었다.

　　"어디가 아니야. 그때로."

　　함현설이 말했다.

　　"그때는 그 자식이 요만했는데… 이젠 나보다 훨씬 크더라
고."

　　매진보의 얼굴이 굳어졌다. 그녀가 물었다.

　　"무공 때문이 아니라 대상이 아는 자였어?"

　　함현설이 고개를 흔들었다.

　　"아니, 무공도 나보다 강했어. 그 녀석은 좀 별났으니까."

　　매진보가 굳어진 표정으로 잠시 말을 잇지 못했다. 결국 대
상이 아는 자였다는 소리고 그것도 아주 관계가 밀접했다는
말이었다.

　　동심원의 입장에서 칠룡주라는 그자는 장로인 주야장천검
허장성에게 중상을 입혔을 뿐만 아니라 무엇보다 희겸을 구
출해 간 대적이었다. 앞으로도 그자는 죽는 순간까지 동심원
의 추적을 받을 수밖에 없다.

　　"이거… 아주… 고약하게 된 것 같은데."

　　하고 매진보가 말했다.

　　함현설이 힐끔 보면서 말했다.

“총순찰한테 보고해도 원망하지 않을 테니 알아서 해.”

매진보는 않겠다고 말하지 못했다. 이것은 그녀의 권한 밖에 있는 큰 문제였다.

“내가 덮어줄 수 있는 건 한계가 있어.”

하고 말했다.

함현설이 고개를 끄덕였다.

매진보가 물었다.

“그는 어떤 사람이야? 나이도 어리던데.”

“말 안 해도 금방 알게 되겠지.”

함현설은 입으로 푸, 소리를 내며 숨을 쉰 후에 말했다.

“그 녀석은 여자를 편안하게 해줘. 왠지 모르게 그 녀석과 있으면 마음이 든든해. 조그맣고 비실비실한 녀석이었는데 말이야. 아주 잘생긴 것도 아니었어. 그냥 잘생긴 정도였는데 그보다 잘생긴 사람은 많아.”

매진보는 눈을 찌푸렸다.

그녀가 알고 싶은 건 그런 게 아니었다. 하지만 함현설의 감정을 고려해서 가만히 있었다.

함현설이 턱을 괴고 천장을 망연하게 올려다보며 말했다.

“제일 잘생긴 사람은 좀 무서운 오빠였는데, 벌써 언니 중에 하나가 꿰찬 유부남이었어. 그래도 정말 잘생겼었어.”

함현설이 고개를 내리고 씨익 웃으며 말했다.

"한데 말이야. 젠장. 이상하게 내가 나이가 더 들고 나서 말이야. 쳇, 허벅지 긁을 때마다 생각나는 건 이상하게 도잠 오빠가 아니라 그 녀석이지 뭐야?"

매진보는 두 손으로 입을 가리며 풉! 하고 침을 뿜는 소리를 냈다. 말이 너무 적나라했다.

함현설도 조금 부끄러운지 고개를 돌려 버렸다. 그리고 작은 소리로 중얼거렸다.

"지는 안 긁나? 서른도 넘은 주제에……. 서방도 없는 노처녀면서……."

매진보는 붉어진 얼굴로 대꾸하지 않았다. 하지만 이런 점이 함현설의 매력이라면 매력이었다. 그녀는 숨길 건 숨기더라도 말은 솔직했다.

어색한 시간이 조금 지난 후에 매진보가 말했다.

"위험한 생각은 하지 마. 우리 서로 곤란해지니까. 그리고 이번 일에서 가능하면 너는 빼줄 테니까 그렇게 알아. 내가 해줄 수 있는 건 그 정도밖에 없어."

"고마워."

함현설이 말했다. 그런 후에 잊을 뻔했다는 듯이,

"아참, 그리고 편지."

하고 말하자 매진보가 긴장된 표정으로 이불을 끌어서 함현설과 자기의 머리 위에 확 써버렸다.

"전달됐어?"

하고 매진보는 조심스럽게 물었다.

함현설이 머리를 저었다.

"그 녀석은 못 받았다던데. 그거 대체 뭐야? 넌 그녀석이 누군지도 모르면서 편지나 보내고."

"전달… 되지 않았다고?"

반문하면서 매진보가 난감한 표정을 지었다.

함현설이 '그래' 하고 대답했다.

매진보는 매우 당황한 표정을 짓고 있다가 말했다.

"넌 모르는 게 좋아. 나도 편지 내용은 안 봤어."

"그럼 뭐야? 또 구법당, 신법당하는 것과 관련된 거야?"

하고 함현설이 짜증난 듯이 말했다.

매진보가 머리를 흔들며 말했다.

"아니야. 그건……. 총순찰의 지시였어."

매진보는 입을 다물었다. 그녀가 총순찰 나인채한테서 받은 지시는 서안에 가서 흰말을 타고 보검을 휘두르는 어떤 별난 녀석을 보게 되면 자기의 편지를 전해주리는 거였다. 그 편지가 곱게 접힌 손수건이라는 사실을 알았을 때 매진보도 상당히 놀랐었다.

감히 물어보지는 못하고 그렇게 하겠다고만 대답했었다.

매진보는 철수할 때에야 칠룡주가 바로 총순찰이 말한 그 자라는 걸 확신하고 급한 김에 편지를 화살에 매달아 쏘았던 것이다. 손수건이었기 때문에 그 점은 편리했다.

매진보는 편지를 전하기 위해서 활을 쏘기는 했지만 그와는 별도로 그를 죽일 수 있기를 희망했었다. 총순찰은 그를 죽이지 말라는 지시를 내리지 않았고 매진보는 그 상황에서 그를 죽이는 것이 임무였기 때문이었다.

그래서 화살이 실패했을 때 매진보는 함현설을 보내 추적자를 제거하고 칠룡주를 제거하라는 명을 내릴 수도 있었다.

그러나 혹시 칠룡주가 총순찰과 연관이 있는 인물이고 내부의 조력자일 가능성도 배제할 수 없었다. 함현설에게 그자를 죽이기 전에 편지에 대해서 물어보라고 했던 것이 그 이유였다.

한데 편지가 사라지고 없었던 것이다.

매진보는 입술이 떨렸다. 몹시 겁이 났다.

화살에 매달려 간 편지가 어디로 사라졌단 말인가? 요즘 총순찰은 아주 무서워져 있어서 작은 잘못에도 심한 문책이 있기 일쑤였다.

함현설이 물었다.

"그게… 희 사령인가 하는 반도를 죽이지 말라던 것과도 관련있는 거였어?"

매진보의 안색이 창백하게 변해 버렸다.

함현설은 칠룡주를 제거하라는 명을 받았지만 당시에는 이상하게 여기지 않았다. 상황이 그를 중심으로 돌아가는 듯했고, 그를 제거하면 나머지는 다 해결되는 듯 보였기 때문이었다.

반도를 죽이지 말라는 말은 건성으로만 들었다.

하지만 다시 생각해 보니 이상한 점이 한둘이 아니었던 것이다.

칠룡주는 전혀 중요하지 않았다. 동심원의 이번 행사는 오직 반도의 추적과 제거에 그 목적이 있었다.

함현설은 잠시 동안 반도와 사룡주의 목숨을 손에 쥐고 있었는데도 매진보의 명령 때문에 그를 죽이지 않고 칠룡주의 위치만 탐색하여 죽이려고 했던 것이다.

당시엔 몰랐지만 거꾸로 된 일처리였다.

"더는 알려고 하지 마."

그렇게 말하고 매진보는 입을 꽉 다물어 버렸다.

함현설은 이불을 걷어버리고 매진보를 보았다.

매진보는 무엇엔가 홀린 듯하고 불안한 표정을 짓고 있었다. 함현설은 그녀가 손을 쥐었다 펴고는 서로 비비길 반복하는 것을 보았다.

함현설은 매진보가 이번 작전에 자청하여 나섰다는 사실

을 알고 있었다. 하지만 매진보는 처음부터 반도를 죽일 생각은 없었던 것이다. 반도는 그녀의 화살에 맞아 상처를 입었지만 죽지 않았다. 중요한 싸움에 나서면 화살에 독을 묻히는 매진보의 성격상 그런 일은 쉽게 일어날 수가 없었다.

함현설은 향적사에 잠시 잠복하였을 때 의승들이 팔보찬이라고 말하는 것을 들었다. 두 사람이 각각 오른쪽과 왼쪽에 화살을 맞았는데 똑같은 팔보찬이라는 독에 중독되었다는 것이다.

팔보찬은 유령산장의 독이었다.

함현설은 유령산장의 독들에 대해서도 칠각단에 있을 때 많이 배웠기 때문에 팔보찬이 어떤 독인지 알고 있었다.

팔보찬은 고수가 된 사람을 죽일 수 있는 독은 아니었다. 기억을 지우고 바보처럼 만들어 버리는 독일 뿐이었다.

그런데 매진보는 대적을 상대하기 위해 나서면서 화살에 다른 독이 아닌 팔보찬을 묻히고 있었던 것이다.

대적은 반도였고, 엉뚱하게 반도를 뒤쫓던 사룡주가 팔보찬을 맞은 것은 재수가 없어서였다. 팔보찬은 매진보가 반도를 위해서 준비했던 독임이 틀림없었다.

함현설은 그녀답지 않게 조심스럽게 매진보에게 물었다.

"너… 혹시 그……."

"말하지 마!"

매진보가 매섭게 소리쳤다.

함현설은 입을 다물었다. 입이 불룩하게 나왔지만 금방 쏙 집어 넣었다.

매진보의 볼이 떨리고 있었다. 가만히 있는 그녀의 뺨으로 눈물이 흘렀다.

매진보가 잘 나오지 않는 음성으로 말했다.

"모른 척해줘. 그럼 나도 네가 말한 그 이름을 못 들은 걸로 해줄 테니까."

"체, 내가 무슨 이름을 말했다고?"

함현설이 툴툴거리듯 작은 소리로 중얼거렸다.

매진보가 작은 소리로 끊어서 말했다.

"잠… 오빠."

함현설은 놀라서 두 손으로 자기의 입을 가렸다. 그만 무심결에 도잠이라는 이름이 말속에 섞여 나왔었다는 사실을 깨달은 것이다.

동심원의 능력으로 봐서 그 정도의 단서만 있어도 그의 정체가 드러나는 것은 문제가 아니었다.

함현설에게 들리는 매진보의 전음은 떨리고 있었다.

"네 생각이 맞아. 그는……. 허벅지 긁을 때만 생각나는 사람이 아니라 항상…… 내 속에 있는 사람이었어. 그는… 네가 말한 그자와 비슷해. 보기만 해도 절로 의지되고 믿게 만들어

버려. 그는 아무 약속도 하지 않고 나를 남과 다르게 대하지도 않는데……. 내가 신법당을 싫어하게 된 것도 그 때문이야."

함현설은 입을 다물고 있었다. 매진보의 다른 말은 이해가 되었지만, 그게 왜 그녀가 구법당이 된 이유와 상관이 있는지 이해되지 않았다.

매진보는 손끝으로 찍어서 눈물을 닦았다. 그리고 히죽 웃으면서 말했다.

"우린 직책상 자기가 맡은 사람을 감시해야 해. 그러다 보면 간혹 이런 일이 생겨. 옛날부터 많이 그랬나 봐. 순찰감 소속의 여자들은 시집을 안 간다는 말이 나온 이유도 이 때문일 거야. 언제나 감시 대상이 되는 사람은 보통 사람이 아니니까. 총명하고 강하고, 때로는 아주 바르고 훌륭한 사람이거든. 이상하게 몰래 지켜보면서 그런 점들을 알게 되면 도저히 저항할 수가 없어. 한데 말이야."

매진보는 다시 울먹이며 손으로 얼굴을 가렸다.

"그런 사람들은 대부분 나이가 많거나 벌써 부인이 있는 사람이더라는 거야."

함현설은 매진보의 어깨를 감싸주었다.

"바보같이……. 그 사람은 살았어. 정신도 말짱하고."

그러면서 약간 화를 내며 말했다.

“그럼 왜 순찰감을 대부분 여자들로 채워놓는 거야?”

매진보가 대답했다.

“여자들은 훌륭한 남자한테 끌리지만 남자들은 시기하거든. 그래서 잘못하면 조직이 다 깨져 버리니까.”

강변이 어두워지기 시작했을 때 함현설은 옷을 갈아입고 나왔다. 배는 선창에 정박해 있었는데 사령 이검상은 떠난 지 오래였다.

함현설은 마차와 마부를 빌려서 서안으로 가게 했다.

함현설이 떠나고 얼마 후, 매진보도 활과 화살을 거문고와 함께 긴 보자기에 담고 배에서 나왔다.

그녀는 총순찰의 편지가 어디로 사라졌는지 그 행방을 찾아야 했다. 보지 말아야 할 자들이 보았다면 그들도 제거해야 하고, 찾은 다음에는 어쨌든 ‘그자’에게 전달하기 위해서였다.

정녕코 나를 죽이리

희겸은 먼저 서안으로 들어갔고 영사는 악심 장로를 만나기 위해 다시 산으로 올랐다.

일이란 원래 이런 것이다. 조용하다가 갑자기 터지면 봇물처럼 사람을 덮쳐 우왕좌왕하게 만든다.

재주란 이럴 때를 위해서 필요하다. 수양을 쌓는 것도 주로 이런 경우 일 따라 휩쓸리지 않기 위해서 필요하다.

재주도 부족하고 수양도 쌓이지 않았다면 그저 황소처럼 뚜벅 걸음으로 쉬지 않고 걸어가며 젖은 땅이 다하고 마른 땅이 나올 때까지 기다려야 한다.

‘내가 살아야 할 날이 많다는 증거야.’

하고 영사는 속으로 말했다.

첩첩이 쌓인 산처럼 그의 앞에 쌓여 있는, 그가 풀어나가야 할 수많은 일들이 있음을 영사는 느끼고 있었다.

하지만 그런 상태를 다르게 말하면 새털 같은 날들이 있으며 앞날이 창창하다는 의미가 되었다.

목적지에 이르러 영사는 태백을 풀어서 풀을 뜯게 하고 혼자 동굴 안으로 들어갔다. 서늘한 바람이 계절을 잊게 만들었다.

영사는 백골이 쌓인 곳을 지나 석문을 열었다. 검을 잡고 경계했지만 지난번처럼 검은 덩어리는 날아오지 않았다.

조용히 들어가니 악심 장로는 원래의 자리에 그대로 앉아 있지 않고 서서 걷는 중이었다. 원래 그가 앉아 있던 황금색 원 안은 비어 있었다. 그 원 때문에 영사는 그가 항상 그 자리에만 있는 줄 알았기에 약간 놀랐다.

그러고 보니 주변에는 검은 덩어리들도 보이지 않았고 도깨비불 같이 날아다니던 것들도 보이지 않았다.

악심의 키는 매우 커서 영사보다도 머리 하나는 더 컸다. 뼈만 앙상한 다리도 매우 길었다. 악심의 머리는 하도 높은 곳에 있어서 마치 장대 위에 검은 해골이 걸려 있는 듯했다.

“왔는가?”

하고 악심이 인사말을 건넸다.

영사는 허리를 숙이며 절했다.

"은혜에 감사드립니다."

악심이 손을 내저었다.

"서로 좋자고 한 일일뿐."

영사는 악심이 지난밤에 보았을 때와 아주 달라 보였다. 피가 흐르는 듯한 음성은 그대로였지만 악심은 우뚝했으며 마치 높은 산봉 위에 세워진 더 높은 장대처럼 느껴졌다.

선도, 악도, 아무런 장식이나 흐름도 그에게서는 느껴지지 않았다.

문득 영사는 어제 악심의 괴기스러움이 만영 주지의 말처럼 살기와 증오, 피냄새에 반응하여 그랬던 것은 아니었을까 하는 생각이 들었다.

악심이 말했다.

"이상하게 여길 것 없다. 저 원은 내가 그린 것으로 내 마음이 선좌(善座)에 있지 않을 때 들어가 앉는 악좌(惡座)와 같은 것이니까. 내가 악좌에 앉아 있지 않을 때 나는 온전한 부처니라."

더 이상했다. 선좌와 악좌와 같은 말은 영사가 알아들을 수 없는 말이었다. 그러나 악심의 음성은 여전히 무서우면서 위엄과 존엄이 가득하였다.

영사는 조용히 그의 말을 기다렸다.

악심은 어느새 영사의 옆에 와서 서 있었다. 영사는 그가 처음부터 그 자리에 있었던 것이 아닌가 하는 착각을 느꼈다.

악심이 천천히 걸으며 말했다.

"만영에게 대개는 들었으리라."

"예."

대답한 후에 영사는 그를 따라 걸었다. 동굴 속 골짜기를 흐르는 물이 그의 곁에서 함께 가고 있었다.

악심은 허상처럼 고요하게 움직였다. 발을 딛고 있었지만 소리가 나지 않았고 몸이 움직이고 있었지만 바람은 일지 않았다.

악심이 말했다.

"이제 나를 아느냐?"

영사는 머리를 흔들었다.

"모르겠습니다."

악심이 말했다.

"저 아래에 가면 넓은 곳이 있다. 거기서 나를 보여주마. 따라온다면 보게 될 것이다."

영사는 그를 따라가면서 홀린 듯이 뒷모습을 보았다. 아무리 보아도 그는 사람이 아니었다. 악의 부처든지 부처의 반면 증거든지 그것은 상관없었다.

사람이라면 느껴져야 할 체향이 없었고 그를 지나쳐 영사에게 온 바람에도 그의 체온은 실려 있지 않았다.

공력을 높여서 귀를 기울여 봤지만 심장이 뛰는 소리는 물론이고 그것보다 훨씬 크고 수련을 아주 높이 쌓지 않는 한 제어할 수 없는 내장이 움직이는 소리도 나지 않았다.

영사는 천천히 머리는 내저었다.

아직 싸움은 시작하지도 않았지만 악심은 영사가 죽일 수 있는 자가 아니었다. 영사는 어쩌면 위지결도 가능하지 않을 거란 생각이 들었다.

길도 아닌 비탈을 이리저리 돌면서 내려갔다.

어둠 속에서 악심의 근처를 떠도는 더 어두운 덩어리와 뿌연 덩어리는 영사가 하늘에서 땅으로 걸어 내려오는 것인지 땅에서 지옥으로 걸어 들어가는 것인지 분간할 수 없게 만드는 것 같았다.

영사는 정말 지옥이 있을까 하는 생각이 불쑥 들었다.

그렇게 걸어서 멈추는 곳이 지옥일지도 몰랐다.

악심의 뒷모습을 보면서 이해하지 못할 경외감(敬畏感)과 신성(神性)마저 느꼈다. 악심은 영사가 도저히 이해하지 못할 거대한 존재였다.

그가 자기를 보여준다고 해도 영사는 알 수 있을 거라는 생각이 들지 않았다. 세상 무엇도 정말 알 수 있는 것, 정말 알

고 있는 것이 있기는 하는 걸까라는 엉뚱한 생각마저 불쑥 들
었다.

걸음이 횟수를 더해갈수록 영사는 자꾸만 더 움츠러들고
그의 뒤에서 엎드려 있고 싶었다.

영사는 그 마음이 정상이 아니라는 것을 알고 있었다. 치음
의 마음을 붙잡고 그것들을 이겨가며 계속 따라 걸었다.

누르고, 누르고, 요구하는 마음을 누르고 복종하고 싶어하
는 마음을 누르다 보니 자기의 몸이 둥둥 떠오르는 것 같았
다. 자기도 모르게 발끝이 가벼워져 바닥을 찍는 느낌마저 거
의 없었다.

눌려지는 마음들이 누르는 마음을 떠받쳐 올리고 있었다.

그러다 보니 이번에는 걸어서 내려가는 것인지 올라가는
것인지도 구분이 되지 않았다. 그저 악심의 뒷모습에 끌려가
는 것만 같았다.

시간은 얼마나 지났는지 모른다.

영사는 그렇게 걷는 중에 흐른 시간을 산정해 낼 수 없었
다. 그것은 오래전 세 번째 무덤에서 별의 그림들 아래에 있
을 때와 비슷했다. 그때도 시간은 이상하게 흘렀었다. 빠르고
느림을 알 수 없고 자기 마음의 변화에 따르는 것처럼 보일
때도 있었다.

공터에 이르러 악심이 걸음을 멈추었을 때 영사는 그 시간

을 길었다고 생각해야 할까 짧았다고 생각해 버릴까를 고민
했다.

악심은 공터의 가운데에 섰다. 그리고 돌아서더니 영사에
게 물었다.

"보았느냐?"

영사는 혼란스러워 대답하지 못했다. 악심은 그의 뒷모습
을 본 것을 묻는 것은 아니었다.

악심이 조용하게 말했다.

"근 오백 년의 세월이 이렇게 흘렀다."

악심의 음성이 영사의 가슴을 세차게 두드리는 듯했다.

"아!"

하고 영사는 큰 소리로 내뱉었다.

보았다. 시간이 무엇인지를 영사도 보았다.

그 시간을 유영했던 악심을 보았다.

악심은 쓸쓸하고 처량한 표정을 짓고 있었다.

영사는 가슴이 두근두근거렸다. 오백 년의 세월이 그렇게
흘러 버렸다. 그렇게라면 정말 오백 년이 아니라 오천 년도
흐르고 말 것이다.

영사는 묻기가 두려웠다.

자기가 생각했던 것처럼 오백 년이 지났다고 하면 오백 년
이 지나고 천 년이 지났다고 하면 정말 천 년이 지나 버렸을

것 같았다.

악심이 말했다.

"나는 여러 사람을 시험했다. 그중에는 유명한 중도 있었고 도사도 있었다. 하지만 아무도 여기까지 나를 따라오는 자는 없었다."

악심은 어둠처럼 보였다. 동굴 전체를 가득 채운 어둠 그 자체, 그 어둠이 상징하는 모든 것처럼 거대하게 보였다.

영사는 저절로 떨려오는 몸을 지탱하기 위해서 이를 악물었다. 한 걸음도 물러서면 안 되고, 한순간도 눈을 감아서는 안 된다는 생각이 저절로 들었다.

직면해야 하고, 직시해야 한다!

직관해야 한다!

영사는 속으로 그렇게 생각하며 그 생각으로 자기의 몸을 붙잡았다.

이렇게 하는 것은 유월성에게 배웠던 심술이었다.

악심은 자기를 보여주고 있는 것이었다. 그가 위에서 말했던 넓은 장소는 그가 누군지가 아니라 무엇인지를 보여주기에 직힙했다.

정신이 아득해지려는 것을 영사는 계속 붙잡았다.

그가 보여주려고 했고 보여주는 것을 보지 않으면 안 된다.

의식을 놓으면 안 된다. 의식을 놓으면 삼호장과 함께 있을 때 기운이 몸에서 빠져나가 악심에게로 흘러가 버린 것처럼 지금은 영혼이 빠져나가 그의 어둠 속으로 빨려 들어가 버릴 것 같았다.

그것은 지옥일지도 몰랐다.

악심이 지옥 자체일지도 몰랐다.

이 순간 영사는 악심이 부처의 반면증거임을 조금도 믿어 의심치 않았다.

옷 속에서 영사의 살이 꿈틀거리며 몸에서 떨어져 나가려고 했다. 뼈가 그 안에서 매듭을 풀고 달려나가려고 했다.

바람도 한 점 없고 빛도 없었다. 오직 살아 있는 영사의 몸만 발에 밟힌 뭉클한 살덩어리처럼 비적거리며 어둠으로 달려가려 했다.

영사는 악심의 얼굴을 보면서 저항했다. 몸의 부분들보다 정신이 끌려가지 않기 위해 저항했고, 저항하다가 뭉개지고 찢어진다 할지라도 저항했다.

또 시간이 얼마나 흘렀는지 영사는 알 수 없었다. 무한히 긴 것 같았지만 영사도 영원히 정의하지 않으려고 했다.

처음부터 끝까지 생각이 아닌 저항으로만 일관하고자 했다. 징벌의 장미가 속에서 저절로 움직이며 영사의 살과 뼈를 움켜잡아 달아나지 못하도록 해주었다.

이윽고 악심이 말했다.

“너는 나와 함께 걸을 수 있었다. 또한 너를 지키기 족한 정도의 악심만 지녔구나. 훗날에는 정녕코 나를 죽이리.”
순간 허공에 매달린 실이 툭 끊어지듯 영사의 의식은 끊어졌다. 모든 것이 동시에 사라져 버렸다.

제67장

이상한 놀이의 끝

종류석에서 물방울이 떨어졌다.

영사의 이마 좌측에 떨어져 눈으로 튀었지만 영사는 머리를 돌리지 못했다. 온몸에서 힘이 다 빠져나갔다.

높아졌던 공력도 아무 소용이 없었다. 몸은 손가락 하나도 까딱할 수 없게 되었고 눈까풀조차 무거워서 감지도 뜨지도 못하는 상태였다.

관절은 모두 어긋났다가 풀어져 몸이 해체된 듯하였고, 심장은 넓은 강의 물처럼 움직이는 기척조차 거의 없었다.

살은 부풀어 올라서 구름 덩어리 같았다.

영사는 주변을 다 인식할 수도 없었다.

안개 속에서 길을 잃고 물속에서 소리를 잃어버린 것처럼 아득한 의식 속에서 있었다. 몸은 움직일 수 없는데 의식은 어딘가를 부유하는 중이었다.

영사는 자기가 죽었는지 살았는지, 죽어가고 있는 것인지 살아나고 있는 것인지도 분간할 수 없었다. 어쩌면 그런 구분이 없는 상태이거나 없는 장소에 와 있는지도 몰랐다.

그 상태나 장소에 이른 것도 고통 때문이었는지 고통의 끝에 덮쳐 왔던 쾌락이었는지도 알 수 없다.

생각은 마치 갓 태어난 애벌레처럼 꼼지락거리며 조금씩 움직이고 있었다. 울고 난 후에 착 가라앉은 감정과도 비슷했으나 의식이 모호하고 생각의 행적도 선명하지 못하니 그때와도 달랐다.

영사는 조심스럽게 생각을 만들어 보았다.

'나는 살았을까?'

그런 생각을 하는 중에 아무 부질없다는, 그 생각 아닌 다른 생각이 맑은 물에 비친 그림자처럼 떠올랐다.

영사의 지금 상태는 아주 이상했다.

무슨 일이 있었는지 알고 싶어 방금 전을 기억하려고 해도 기억을 거슬러 갈 수 없었다. 커다란 벽이 가로막고 있는 듯이 느껴졌다.

영사의 힘으로는 밀어낼 수 없는 벽이었다. 장안의 두터운 성벽보다 몇 배, 또는 몇천 배 더 두껍다는 생각은 하지도 않았는데 저절로 떠올랐다.

영사는 내처 가만히 있었다. 생각을 하려해도 잘 되지 않는데 그냥 떠오르는 생각은 맑기가 명경지수(明鏡止水)였다.

그러나 가만히 있으면 그 생각도 떠오르지 않았다.

'이상하다.'

하고 영사는 억지로 생각을 지어 보았다.

이상할 것도 없다는 생각이 또 절로 들었다.

'이상하다.'

이상해서 이상하다고 또 한 번 더 생각을 지었다.

'이상하지 않다.'

이상하다고 생각하는데 동시에 이상하지 않다고 생각하고 있었다. 어릴 때 해보았던 말놀이 같았다.

한 사람이 이렇다고 말하면 다른 사람은 무조건 그렇지 않다고 말하는 놀이였다.

'나는 사과가 좋아' 하고 말하면 상대편은 '사과가 뭐 좋아?' 하거나 '사과는 좋지 않아' 따위로 말하는 놀이인데, 조금 하다 보면 상대방이 바본지 똑똑한지를 금방 알 수 있었다.

영사는 이 놀이에서 처음 몇 번 외에는 져본 적이 없었다. 나중에는 아이들이 영사를 빼놓고 이 놀이를 했다. 영사도 그

때는 흥미가 떨어져서 끼어들려 하지 않았다.

방금 전을 기억하려 해도 되지 않았는데 어릴 적의 그 일은 또 저절로 기억났다. 영사는 생각하지 않았는데 이것은 자기의 생각에 반대되는 생각이 아니라는 걸 절로 알 수 있었다.

그것도 이상했다.

먼저 이상한 후에, 이상하다고 느낀 후에,

'이상하다.'

하고 또 생각해 보았다.

'이상하지 않다.'

하는 생각이 여전히 거의 동시에 떠올랐다. 마치 단정하는 듯, 선언하는 듯했다.

영사는 이상해서 짜증이 났다. 정말 어릴 때 놀던 말놀이를 하자는 건가 뭔가 하는 생각을 생각하지 않고 했다.

그런 후에 또 생각하지 않고 자기가 놀랐다. 생각하지 않고 생각했기 때문이었다.

영사는 한동안 잠자코 있었다. 잠자코 있으면서 자기에게 어떤 변화가 일어났는지를 살펴보려고 했다.

하지만 바람도 없는 깊은 산중에 구름이 낮게 깔린 것 같고, 물 없는 골짜기에 새소리도 사라진 듯 적막하고 고요하기만 했다.

결국 영사는,

‘아무것도 없네.’

하고 생각했다.

그 순간에 또,

‘모든 게 가득하다.’

하는 생각이 들었다.

그러면서 무엇이 가득한지가 역시 맑은 물에 비친 그림자처럼 선명하게 떠올랐다. 그것은 적막이고 고요며 깨어나지 않은 상념(想念) 같은 것 따위였다.

영사는 조금 화가 났다.

‘이거 한번 해보자는 거야 뭐야?’

하고 생각하고 말았다.

동시에 또,

‘한번 해보고 말고가 어디 있어?’

하는 생각도 저절로 떠올랐다.

영사는 오기가 뻗쳤다.

‘오냐, 해보자!’

하고 자기도 모르게 다부지게 생각했다. 말 거꾸로 하기 놀이라면 영사도 어릴 때 도가 텄던 아이였다. 그것뿐만 아니라 무조건 옳다고 말하기와 똑같은 방식으로 말을 돌려주기까지도 다 달통했었다.

영사는 항복을 받고야 말겠다는 생각을 하고서 다부지게

시작했다. 그사이에도 생각이 마구 일어나며 영사를 공박해댔지만 모조리 무시하고 한 번 생각했다.

'니가 뭔데?

처음부터 제대로 한 방 들어갔다. 상대방인지 자기 자신인지는 알 수 없지만 하여간 그 생각인지 뭔지는 이런 놀이에 초자가 분명했다.

시간을 줘도 잠시 동안은 찍 소리도 없었다. 그러다가,

'니는 뭔데?

하는 유치한 생각을 겨우 꺼내놓았다.

싸워볼 것도 없는 싸움이다. 항복받는 것만 남았다. 영사는 가소로워서 또 생각했다.

'나 알지?

그러면 그렇지. 금방 대꾸할 수 있을 리가 없다. 그래도 먼저 말한 방식으로 말하지 않는 것을 보면 영 바보 같은 녀석은 아니다.

모른다고 말하면 영사는 욕설을 섞어서 바로 한 방 갈겨줄 말을 준비하고 있었다. 'X도 모르는 놈이 대들어?' 하면서.

그래서 놈은 그렇게 대답을 못하는 것이다.

영사는 기다리지 않고 한방을 더 날렸다.

'까불래?

답은 즉시 떠올랐다.

'안 까불래.'

'그럼 닥치고 있어.'

하고 영사가 생각했다.

이 놀이에서 승부에 쐐기를 박는 것은 항상 이런 식이다.

영사가 기다리며 살펴보았다.

그것(?)은 정말 조용히 닥치고 있었다.

너무 시시한 싸움이라 코웃음이 나올 정도였다.

하지만 영사가 가만있다가 생각을 움직이니 그것은 또 부끄러운 줄 모르고 슬그머니 생각을 까놓았다.

영사는 긴장했다. 놀이를 잘하는 녀석도 무섭지만 이런 식으로 부끄러운 줄 모른 채 엉겨붙는 녀석은 더 무섭고 성가신 법이다.

어떨 때는 놀이의 규칙을 마구 생각해서 가르쳐 줘야 할 경우까지 있었다. 그래서 영사는 방금 전보다 더 진지하게 상대하기 시작했다.

'지고도 또 덤비는 놈은 호래아들이다.'

'그래도 호래아들이 아니다.'

같은 생각들이 줄줄이 몇 개나 떠올랐다.

영사는 가소로워 속으로 코웃음치면서 생각했다.

'그래, 호래아들 아니지.'

순간,

'호래아들이다.'

하는 생각 하나가 짧게 떠올랐다가 조용해졌다. 영사는 이럴 때 쐐기를 박는 말을 바로 생각해서 짓눌러 버렸다.

'이랬다저랬다 하는 놈은 똥구멍에 털 난다.'

한동안은 잠잠했다. 영사는 조금 쉴 수 있었다. 그냥 가만히 있는데 이번에는 그것들(?)이 절로 마구 떠오르기 시작했다.

'어떻게 알았을까?

'내 엉덩이를 언제 봤을까?

영사는 질려 버렸다. 자기도 모르게 속으로 버럭 소리쳤다.

'이거 완전히 바보잖아!'

'바보 아니다.'

하는 생각이 돌아왔다.

영사는 한참을 온갖 방법을 다해 싸우다가 지쳐 마침내 생각을 그쳐 버렸다.

아예 그치고 조금도 움직이지 않았다.

그러자 서서히 앞이 밝아지면서 종류석에서 떨어진 석회물이 눈을 따갑게 만들었다. 몸이 그때부터 만들어지는 듯이 느껴졌다.

악심 장로는 원래 자리에 서 있었다.

영사는 벌떡 일어났다.

악심 장로가 말했다.

"이번에는 뭘 보았느냐?"

영사는 망연하여 금방 대답하지 못했다.

악심 장로가 말했다.

"내가 움직이지 않으면 아무것도 움직이지 않는다. 내가 움직이면 만물이 움직인다. 하나가 일어나면 만 가지가 함께 일어난다. 연기와 반동은 이렇듯 항상 자기 속에서부터 일어나는 것이지만 사람은 일찍이 알지 못한다. 나를 해치는 것도 나고, 나를 이롭게 하는 것도 나고, 나를 방관하는 것도 나다. 그래서 이런 이치를 알고 난 자는 스스로 해치는 경우도 없고 스스로를 방관해 두는 경우도 없다. 너는 이것을 보았느냐?"

영사는 크게 고개를 끄덕이며 말했다.

"보았습니다."

악심 장로가 말했다.

"이제 두 개가 이루어졌다. 네가 나를 보고 너도 보았다. 하지만 아직 나를 죽이기에는 부족하다."

악심 장로는 양 손바닥을 펴 보였다.

"이것을 봐라. 이것이 마지막이다. 이것은 보여줄 수 있지만 내가 어찌할 수 없는 것이다. 이것을 얻음으로써 나는 부처의 반면증거가 되었고, 이것이 내 속에 있음으로 대항하여 나 또한 부처가 되었다. 이 이치는 조금 전에 네가 경험한 것과 크게 다르지 않다. 또한 이런 이치는 오래전부터 수도하던 사람들은 대체로 알고 있던 것이었다."

영사는 악심 정로의 손바닥에서 아무 것도 볼 수 없었다.

'그건 무엇입니까?

하고 물으려는데 악심이 말했다.

"이것이 바로 지극한 악심(惡心)이다."

악심의 이마에서 갑자기 호박만 한 크기의 검붉은 덩어리가 그의 손바닥으로 떨어졌다.

"악!"

영사는 너무 놀라서 비명을 지르고 말았다. 사악함, 말로 형언할 수 없는 공포, 그리고 무엇인지 모르는 그 무엇이 영사의 전신을 휩쓸었다.

영사는 덜덜 떨었다. 처음에 악심이 만든 어둠을 보고 떨었을 때와는 달랐다. 극도의 공포가 영사를 죽어가게 만들고 있었다.

악심이 말했다.

"나의 어둠은 이 악심의 그림자다. 악심이 있음으로 나는 아수라가 되고, 악심을 누름으로써 나는 부처가 된다. 이 악심은 모든 차원과 모든 시간에 존재하는 것이라 영원히 죽지 않는 것이고, 나는 이 악심을 품고 있기 때문에 죽지 않는다. 비록 부처가 되었지만 죽지 못한다. 영원히.”

악심은 입을 벌리고 자기 손바닥에 내놓았던 악심을 가져가 삼켜 버렸다.

영사는 맥이 풀려서 주저앉고 말았다.

제68장

여명의 검

악심이 영사를 손에 받치고 원래 그가 있던 황금색 원 안으로 돌아왔다. 그러나 그의 몸과 달리 마음은 악좌에 앉지 않았는지 아무런 괴기 현상도 나타나지 않았다. 그는 여전한 위엄과 거대함의 존재였다.

하지만 영사는 여전히 충격에서 깨어나지 못했다.

악심이 영사를 자기 앞에 내려놓고 가부좌를 틀었다.

눈을 감고 있는 그를 향해서 영사는 비명처럼 소리쳤다.

"저는 하지 못합니다. 할 수 없습니다!"

악심의 발치에서였다.

악심은 눈을 뜨고 영사의 머리를 뼈만 앙상한 그의 손으로 쓰다듬었다. 영사는 심장이 불타 버릴 만큼의 두려움에 떨었지만 악심은 다만 쓰다듬기만 했다.

악심은 한참 동안 영사의 머리를 쓸었고 영사는 억겁 같은 시간을 두려움에 떨었다.

이윽고 악심이 말했다.

"지금은 말법의 시대다. 석가여래의 법은 이제 죽었다. 오직 정토의 염원만으로 의탁(依託)된 깨달음을 얻을 수 있는 시대다. 애야, 너는 말이 무엇인지 아느냐?"

영사는 고개를 저었다.

악심이 말했다.

"몸은 영혼을 담는 큰 그릇이고 말은 의지와 마음을 담는 작은 그릇이란다. 그래서 의지가 담긴 말은 함부로 하면 의지가 나가 버려서 뜻을 관철하여 이루지 못하고, 마음이 담기는 말에 아무 마음이나 담아서 건네게 되면 악한 씨앗을 뿌리는 것과 같아서 살아가며 좋은 열매를 거두지 못한단다. 너는 보아하니 좋은 씨앗을 좋은 땅에 뿌리며 살아와 앞으로도 복이 많을 것이다. 네가 하는 일은 때로는 네가 모르고 하는 경우가 있더라도 좋은 씨앗을 품었으니 항상 절로 좋은 열매를 맺을 것이다. 이것은 또한 늘 선한 마음으로 사는 사람이 복을 받는 이치이기도 한데 세상에서는 이를 알지 못하고 들어도 믿지 않고 믿어도 그렇게 행치 않는구나.”

영사는 두려움 속에서도 머리를 끄덕였다.

악심이 하는 말은 영사에 관한한 전적으로 옳았다.

여태까지 살아오면서 이상하게도 어떤 상황에 처하든 상황은 항상 꼭 자기에게 유리하게 돌아가 있는 것을 발견히게 되었다.

심지어 연극을 할 때도 분명히 주인공이 아니었는데 끝나고 보면 자기가 주인공이 되어 있는 것 같은 일이 늘 벌어지곤 했었다.

“그 녀석은 지가 알고 하는지 모르고 하는지 모르지만 항상 상황을 자기한테 유리하게 만들어 버려. 연극할 때도 분명히 주인공이 아니었는데 끝나면 그 녀석이 주인공이 되어버린단 말이야. 항상 그래.”

하면서 툴툴거리는 함현설의 말은 여전히 영사의 기억 속에 선명하게 남아 있었다. 그런 이상한 일은 주변의 다른 사람조차도 느끼고 있었던 것이다.

그러나 영사는 그 이유를 그때까지 잘 모르고 있었는데 악심의 말을 듣고 그것이 자기의 마음 씀씀이에 있었다는 사실을 알았다.

악심은 웅크려 떨고 있는 영사의 이마를 자꾸 쓸어서 뒤로 넘기며 말했다.

"말법의 시대, 말법의 세상, 말세란다. 애야, 석가여래의 마음이 들어 있는 가르침도 오백 년을 두 번 지나니 힘을 다하고 쓰러진 말법의 시대란다. 앞으로, 그리고 그사이에 다른 부처와 성인, 선인의 가르침을 따르거나 혼자 깨우쳐 이루는 자는 간혹 나왔고 나오겠지만 석가여래의 가르침은 그 속에 있던 마음이 힘을 다하여 쓰러지고 말았단다. 나도 석가여래의 가르침이 아니라 내 스승이셨던 선도 대사의 가르침을 따라 악심(惡心)으로 깨달아 이른 부처란다. 애야, 석가여래의 마음이 이럴진대 내 마음은 어떻겠느냐?"

영사는 눈을 크게 뜨고 고개를 들었다.

악심이 내려다보면서 검은 얼굴로 미소를 짓고 있었다. 그 순간에는 악심이 대웅전의 부처님보다 훨씬 더 부처님 같았다.

악심이 말했다.

"악심을 품은 내 몸은 시간을 거슬러서 죽지 않겠지만 내 마음은 이제 오백 년을 살아왔단다. 그 힘을 다할 날이 머지않았고 벌써 오십여 년 전부터 약해져 위험한 상태였단다. 내가 이 석굴을 벗어나지 못하게 된 것도 악심이 간혹 나를 이기는 그때부터였니라. 석가여래의 마음의 힘이 온전했던 것도 정법 오백 년의 기간이었단다. 내 마음이 힘을 다하면 나는 서방정토로 가겠거니와 내 몸과 악심은 그대로 남을 것이니라."

영사는 또 몸을 떨며 진저리쳤다.

악심이 보여주었던 악심이 이 세상에 남아서 그의 죽지 않는 육체와 더불어 존재한다면 영사 자기부터 땅끝으로 도망치고 싶었다.

영사는 어린아이처럼 세차게 도리질했다. 스스로 두려움을 극복하는 용기를 지녔다고 생각했던 영사였지만 '악심(惡心)'만은 다시 볼 용기가 없었다. 그것은 죽음보다 백 배, 천 배, 만 배는 더 무서운 것이었다.

악심이 말했다.

"네가 죽이지 않으면 누가 죽이겠느냐? 네가 죽여야지 누가 나를 죽이겠느냐? 너에게는 나를 죽일 수 있는 힘의 뿌리가 있단다."

영사는 약을 먹기 싫어서 얼굴을 돌려대는 어린아이처럼 머리를 이리저리 흔들었다. 악심의 말을 듣는 것조차 싫었다. 악심을 한 번 본 후로 자기에게 그런 힘이 있을 거라고는 생각조차 할 수 없었다.

영사가 턱을 덜덜 떨면서 말했다.

"저는… 저, 저 저는 모, 못 못해요. 못, 못 합, 니다."

악심은 계속 영사의 머리를 쓸어주었다.

영사는 울음을 터뜨리며 말했다.

“저보다 위지 대협이 훨씬 강합니다.”

백배는 더 강하다고 말하려 했는데 그렇게까지는 말이 만들어져 나오지 않았다.

평상시의 영사라면 위지결이 자기보다 백배 강하다는 말은 아무렇지 않게 할 수 있겠지만 죽어도 자기가 할 일을 미루기 위해서 남을 끌어대지는 않았을 것이었다.

그러나 이 순간만은 악심의 손에서, 악심을 죽여야 한다면, 아무리 애써도 조리있게 이어지지 않는 말에서 벗어나기 위해서라면 무슨 짓이라도 다 할 수 있을 것 같았다.

악심이 영사의 머리를 쓸면서 말했다.

“나는 그를 알고 있단다.”

영사는 떨면서도 눈을 크게 뜨고 고개를 들어 그를 보았다.

악심이 말했다.

“하지만 그는 나를 따라 시간을 걸을 수는 없는 사람이란다.”

영사는 도리질했다.

“저도 못해요.”

악심이 말했다.

“너는 했단다. 너는 잘 모르고 있겠지만 너는 할 수 있단다. 너를 가르친 누군가의 안배였겠지만. 그는 너와 만났음으로 죽어갔을 것이다.”

영사는 입을 딱 벌렸다.

사부 우전이다.

그리고 안배는 영사가 제육장의 호흡만을 익힌 상태에서 보게 되었던 별의 무공이다. 천장에 가득했던 별의 그림들, 바로 그것이 시간과 관련있었다. 별의 움직임은 작게는 하루의 시간이고 중간으로는 계절의 변화고 크게는 한 해의 변화다.

머릿속에서 윙! 하는 소리가 나는 것 같았다.

영사는 망연하여 그대로 있었다.

그동안 잘 알지 못했던 별의 무공이 그 순간에 중구난방으로 마구 이해되기 시작했다. 마치 살아 있는 듯이 무공의 구절들이 이리 뛰고 저리 뛰면서 영사에게 나는 이런 것이노라고 외치는 듯했다.

악심이 조용히 물었다.

"너는 네가 보았던 것을 네가 사랑하는 사람들도 보기를 원하느냐?"

다시 또 머릿속으로 윙! 소리가 맴돌았다. 영사가 알던 사람들의 얼굴이 벼락치듯 나타났다 사라지기를 반복했다.

영사는 훌썩훌찍 울기 시작했다.

악심이 그를 무릎에 놓고 가슴에 안아서 등과 머리를 쓰다듬었다.

"나는 지옥에서 스승 선도 대사의 선도(善導)를 움켜잡고

서방정토의 문을 깨뜨리고 들어간 철연가(鐵連枷:쇠도리깨)였
단다. 애야. 너는 나를 죽이고 새벽을 열도록 하여라. 어둠과
암흑의 밤을 깨뜨리는 여명(黎明)의 검(劍)이 되어라. 애야, 내
속에는 내가 붙잡아 눌러놓은 어둠이 가득하단다.”

영사는 악심의 품에 안긴 채 울면서 고개를 끄덕였다.

악심이 말했다.

“네가 나를 죽이는 날, 너는 석가여래에서 이어져 선도 대사
에 이르고 나 악심이 꽃피운 악심의 나라를 활짝 열어보게 될
것이다. 이로써… 선도 대사와 악심의 도는 이제 네게로 이어
졌다. 눈물에서 눈물로 이어지는 우리 종(宗)의 참된 도(道)는.”

악심의 눈에서도 수백 년 전 광명사에서 선도 대사가 그랬
던 것처럼 눈물이 멈추지 않고 흘러내렸다.

영사가 겨우 말했다.

“저는… 저는… 불법은 조금도 모릅니다.”

악심이 그를 토닥이며 말했다.

“우리의 도는 이미 석가여래의 말씀에 있지 않다. 내가 부
처의 반면이 되고자 하면서 도를 이룬 바와 같이 너는 나를
죽이고자 하면서 도를 이룰 것이다. 그 후는 네가 스스로 알
게 되니 굳이 불법을 배우려 할 필요가 없다. 내가 받았던 정
토의 법은 이미 만영에게 이어졌으니 염려할 바가 아니고, 이
곳에서 네가 받은, 받을 내 가르침도 남에게는 소용없단다.

말이 비록 그럴싸하더라도 내 말은 이미 힘을 다하는 중이니,
너 외에는 참으로 깨달을 수 있는 사람이 없을 테니까. 이 시
대는 이미 말법의 시대니라. 다만… 다만… 너는 빨리 깨달아
서 악심이 오래 살아 있지 않도록 하여라.”

　영사는 머리를 끄덕였다. 발은 하기가 힘들었다.

이계문답(異界問答)—딴 세상 이야기

악심의 가르침은 영사를 품에 안은 채 시작되고 있었다.

"석가여래께서는 살라 나무 아래에서 입멸할 때 그 제자들에게 명확히 알고 하는 것이나 의심나는 것이 있으면 물으라고 말했단다. 하지만 그 제자들 중에서는 아무도 묻는 이가 없자 여래께선 이렇게 말할 수밖에 없었다. '그러면 비구들여, 나는 이제 그대들에게 말하겠다. 조건이 있는 것은 모두 무상하다. 오직 그대들의 목표를 이루기 위해 부지런히 노력하라' 하고. 너는 그 말씀에 들어 있는 뜻을 알겠느냐?"

하고 악심은 조용히 물었다.

"모르겠습니다."

하고 영사가 말했다.

악심이 말했다.

"〈조건이 있는 것은 모두 무상하다〉라고 한 말은 잘못되었다. 이는 범어를 한어로 번역할 때 생긴 잘못이거나 석가여래의 말을 옮겨 적을 때 잘못한 것이다. 바른 말은 〈조건은 모두 무상하다〉거나 〈조건을 두는 것은 모두 잘못되었다〉이다. 이를 후의 말과 이어보면 조건은 생각지 말고 오로지 깨달음을 위해서 증진하라는 말이다. 이는 나아가려고 했고 가야 한다면 길이 있는지 없는지도 상관하지 말아야 한다는 말과 마찬가지다. 조건을 달아서 수련하는 자가 어찌 깨달음을 얻겠느냐? 깨달음에 서원(誓願)은 반드시 있어야 하지만 서원이 조건이 되어서는 안 된다는 의미도 된다. 여래의 이 말씀은 지극히 옳다. 증진은 소망으로 인하여 궁극의 깨달음에 이르는 것이기에 그러하다. 그러나 보아라. 여래께서는 이 앞에서 〈그러면 비구들이여〉 하고 조건을 말하고 있지 않느냐?"

영사는 여전히 알아들을 수 없었다.

서원과 조건에 대한 말은 만영 주지에게 들었던 것과 같은 것 같기도 하고 완전히 다른 것 같기도 했다.

　그러나 마지막 말만은 당연히 알아들을 수 있어서 고개를 끄덕였다.

　악심이 말했다.

　"여래께서는 그 조건에서 〈나는 이제 그대들에게 말하겠다〉 하고 말씀하셨느니라. 그 조건이란 무엇이냐? 이는 내 말로 말한 것이니라."

　영사가 말했다.

　"물으라고 했으나 아무도 묻지 않았던 것입니다."

　악심이 검은 얼굴에 빙그레 미소를 지었다.

　"그렇다. 오직 묻지 않은 자에게만 해당되는 말씀이셨던 것이다. 묻지 않았던 자들은 조건을 생각하지 않고 증진한다면 깨달을 수 있다는 뜻이었다. 이는 또 바꾸어 말하면 아무것도 묻지 않고, 자기가 처한 상황의 조건을 모두 무시하고 노력한다면 반드시 이룰 수 있으리라는 것을 말한다.

　생각해 보아라.

　이래서 하지 않고 저래서 하기 싫어하고, 또 어째서 할 수 없다는 사람이 세상에서 비록 작은 것이라 한들 무엇을 이루는 것을 본 적이 있느냐?"

　영사는 머리를 흔들었다.

　악심이 말했다.

　"그런 자는 목숨이 붙어 있는 한 되어가는 대로 사는 자이지 이루는 자는 되지 못한다."

영사는 악심이 자기에게 결코 포기해서는 안 된다는 말을 하고 있음을 알았다. 그것은 또한 어떤 상황이 오더라도 포기하지 않고 노력하기만 하면 반드시 뜻을 이룰 수 있을 것이라는 말이기도 했다.

악심이 말했다.

"이제 너는 알겠느냐? 진리와 의심에 대해서 묻지 않는다면 결코 조건도 물어서는 안 된다는 것을. 진리를 물어 길을 알고 의심난 것을 명확히 깨쳐 선명하게 했다면 눈이 밝아져 이미 깨달음은 저 앞에서 기다리고 있는 것을 볼 수 있지만 그때 그 자리에 있던 자들은 아무도 이 도리를 알지 못하고 있었구나. 석가여래의 가르침이 눈 어두운 자들을 위한 가르침이 되어 노력이 고되더라도 깨닫는 이가 적게 된 탓은 모두 그들에게 있다. 이 말들은 내 마음이 담긴 것뿐만이 아니라 진리가 담긴 것이기에 영원하다. 진리는 영원하다. 하나 이 또한 깨달음의 수단은 되지 못한다. 깨달음의 대상은 진리지만 깨달음의 수단은 마음이기에 마음이 아닌 진리로는 진리를 깨달을 수 없는 것인 까닭이다. 너는 잊지 말아라. 오직 마음이 깃든 것만이 참을 불러온다는 것을. 그것이 참된 선이든 참된 악이든. 경전도 이와 같은 것이란다. 세월이 지나면 마음은 사라지고 진리만 남아 있어 오로지 따를 수는 있어도 그것으로 부처가 되지는 못한단다. 먼저 깨달은 자가 보고 그 진리에 마음을 더하면 그것도 그리 나쁘진 않단다. 그러나 이와 같은 것을 경(經)과 율(律)외에 논(論), 소(疏), 초(抄) 따위로 해놓지만 이미 오래된 것들은 벌써 말과 글의 껍질조차 변하고 속뜻과 쓰임은 시대에 따라 변하여 그 본뜻을 짐작하기도 어려우니 무슨 도움이 되겠느냐? 보아라, 벌써 춘추 때의 글은 대다수 사라지고 그 뜻도 변하여 지금은 제대로 읽을 수 있는 자도 드물지 않느냐? 나는 오백 년을 살면서 말과 글이 수도 없이 나고 바뀌고 죽는 것을 보았단다. 어떤 때는 너무 빨라서 세월보다 먼저 말이 변하였단다.”

영사는 악심의 이 말 전체를 깨달음에는 진리나 지식이나 말보다도 마음이 중요하다는 한마디로 받아들였다.

악심은 잠시 말을 멈추었다.

영사도 가만히 있었다. 악심이 했던 말을 더 생각하려고도 하지 않고 그냥 기억만 해놓았다.

악심이 다시 입을 열었다.

“석가여래는 바른 부처고 나는 악에서 나온 부처라 내가 죽는 순간이 오면 그때 나는 네게 말을 남기지도 못하고 설령 네가 궁금한 것이 있어도 대답해 주지 못할 것이다. 이제 너는 명확히 알고 싶은 것이 있거나 의심나는 것이 있으면 지금

묻도록 하여라."

영사는 불쑥 물었다.

"지옥에 다녀왔습니까?"

어디에서 그런 용기가 생겼는지는 영사 자기도 몰랐다. 말하고 나서야 그게 궁금했었다는 사실도 알았다.

악심이 말했다.

"다녀오지 않았으면 나 악심이 있었을 리가 있느냐? 나 악심이 있으니 지옥도 있고 지옥이 있으니 내가 다녀왔느니라. 하지만 지옥은 말해지는 것과는 다르다. 이것 역시 말이 변하고 글이 변하고 뜻이 변한 까닭이다."

영사는 또 자기도 모르게 묻고 말았다.

"염라대왕도 만났습니까?"

악심이 빙그레 웃고 말했다.

"염마(閻魔)는 유쾌한 임금이지. 사람 중에서 최초로 죽은 자이기 때문에 저승을 개척하여 왕이 된 사람인데, 그래서 부처와도 비슷하다. 내가 만났을 때는 아주 골치 아파하더군. 이 땅의 시간으로는 당나라 말기였는데 명부시왕설(冥府十王說)이 범람하고 있었으니까. 그래서 아예 자기도 물러나고 열 명의 작은 임금을 두어 자기가 하던 일을 나눠줘 버리면 어떨까 하는 생각을 하고 있었지."

영사는 속으로 놀라며 또 물었다.

“염왕은 소문처럼 살았을 때의 죄에 따라 심판하여 지옥에
보냅니까?”

악심이 말했다.

“죄가 어디에 있느냐?”

영사는 말문이 막혀 대답하지 못했다.

악심이 말했다.

“죄는 없다. 죄지은 마음이 있을 뿐.”

“그럼 선악은 무엇입니까? 무슨 필요가 있습니까?”

하고 영사가 바로 물었다.

악심이 말했다.

“선악은 마음은 자리다. 똑같은 군사였다 할지라도 서쪽에
선 진지에 들어가 깃발을 꽂으면 서쪽 군사고 동쪽의 진지에
들어가 깃발을 꽂으면 동쪽 군사다. 악은 언제나 마음에 있지
만 그것은 마음이 아니라 마음의 한 자리다. 마음이 그곳에
가서 머무르면 악이고 선이라는 곳에 가서 머무르면 선이다.
악이라는 자리가 없는 사람은 없고 선이라는 자리가 없는 사
람도 없다. 다만 머물기 좋아하는 자리가 있고 머물기 좋아하
는 마음이 있을 뿐이다.”

선한 자리[善座]와 악한 자리[惡座]에 대해서는 처음에 악심
이 말했던 것이 있었다. 지금 그가 앉아 있는 곳도 그의 몸이
앉는 악좌라고 말했다.

영사는 물었다.

"그럼 선좌와 악좌는 무엇입니까? 왜 필요합니까?"

악심이 고요한 눈으로 영사를 내려다보다가 말했다.

"사람이 살아가기 위한 두 개의 수단이란다. 물을 건널 때는 배를 타고 먼 길을 갈 때는 수레를 타는 것과 같이 내 마음이 타고 이승을 건너는 수단에 지나지 않는단다."

영사가 물었다.

"그럼… 죄를 지어도 괜찮습니까? 남을 많이 해쳐도 염라대왕조차 심판하지 않습니까?"

악심이 말했다.

"괜찮지 않기 때문에 인간에서는 사람이 법을 만들었다. 하지만 저승에서는 법이 없다. 저 산에 자라는 나무는 법이 없어도 제 부지런한 만큼 자라지 않느냐? 그와 같다. 제가 노력한 만큼 나아가고 제가 짊어진 업(業:카르마)만큼 무거울 뿐이다. 내가 말하지 않았느냐. 말과 행동에 진실하고 선한 마음의 씨앗을 담아서 뿌리면 좋은 열매를 얻어 복을 누리게 될 거라고. 그 반대도 저절로 이루어지니 사람은 살면서도 이미 자기가 뿌린 바를 기둔다. 자기에게서 나갈 때 벌써 함께 들어오는 것이 바로 이 선악의 씨앗이니라."

영사가 또 물었다.

"그럼 지옥은 누가 갑니까?"

악심이 말했다.

"절벽이 누구더러 오라고 하더냐? 제 몸을 추스르지 못한 자가 굴러떨어질 뿐이지."

영사가 물었다.

"죽을 때 저승사자, 염왕사자는 찾아오지 않습니까?"

악심이 말했다.

"온다. 그게 바로 염마의 일이니까. 길을 잃지 않고 자기의 나라로 오라고 염마가 사자(使者)를 보낸다."

영사가 또 물었다.

"그들이 사람을 잡아가면 죽는 게 아니었습니까?"

악심이 말했다.

"그럴 리가 있느냐. 가만히 두면 잘 익어서 떨어질 것을 익기 전에 거두려는 농부가 어디에 있겠느냐? 죽어서 그들이 오더라도 가기 싫으면 안가도 그만이다."

영사가 물었다.

"그럴 수도 있습니까?"

악심이 말했다.

"귀신과 원귀가 그래서 남은 것들 아니더냐? 이 땅은 척박하여 그들이 잠시는 견디지만 결국은 이리저리 옮겨붙어 다니다가 흩어지고 마는 거다. 요즘은 저 선도(仙道)의 무리들도 이 이치를 알아서 살아 있을 때 혼백이 흩어지지 않는 수련을 하여 죽은 후에도 사람의 눈에는 잘 보이지 않으나 사람처럼 수백 년 혹은 천 년을 살기도 하는데 저들은 이를 시해선(尸解仙)이라고 부르는구나."

영사가 말했다.

"신선도 정말 있는 것이었군요."

악심이 말했다.

"부처도 있는데 신선도 있는 것이 당연하다. 원래 부처나 신선이나 성인은 모두 옛 신국(神國)의 신인(神人)의 모습을 서로 달리 보고 따른 것이니 근본은 신인으로 서로 다르지 않다."

영사는 신인에 대해서는 물어볼 엄두도 나지 않았다. 그냥 가만히 있는데 악심이 말했다.

"여기 가까운 종남산에도 신선이 된 자는 있다. 이전에는 자오곡(子午谷)에서 김가기(金可紀)가 신선이 되었고, 그 후에는 학령(鶴嶺)에서 여암(呂嵒:팔선 중의 여동빈)이 신선이 되었다. 그는 너도 만나볼 날이 있을 것이다."

영사는 황당하였다. 부처에 대해서는 악심에게 듣고 보아서 이제 그러려니 하고 있었지만 신선에 대해서는 그렇지 않았다.

영사가 물었다.

"신선은 신선의 술법을 쓴다고 들었습니다. 그러면 그들도 그러합니까?"

악심이 말했다.

"신선의 술법이 따로 있을 게 없다. 눈을 하나 더 뜨면 못 보던 것을 보는 것이고 손이 하나 더 달리면 두 손으로 할 수 없던 일을 하는 정도니까. 키가 크면 작을 때 못 닿던 것에 손이 닿는 것과 마찬가지지. 간혹 옛날부터 전해지는 것을 익힌 자는 있으나 지금에 이르러서는 대부분 맥이 끊어져 그 수가 극히 적다."

영사가 조심스럽게 말했다.

"그들이라면 저를 대신할 수 있지 않습니까?"

"없다."

악심이 딱 잘라서 말했다.

"백여 년 전에 용호산(龍虎山) 천사도(天師道:오두미도, 천사 장도릉을 숭배하고 후에 정일교가 됨)의 천도사(天道師)는 그들 중에서도 술법을 가장 많이 아는 신선이었지만 내가 보기에는 모두 잔재주뿐이었다. 어린아이 꼴을 하고 피리 불며 목동인 양 소를 거꾸로 타고 다니며 신비한 척하였지만 그저 그 모습으로 사람이나 홀리는 광대였을 뿐이다."

악심은 조금 화가 난 것 같았다.

영사는 부처도 화를 내나 싶었지만 그런 말을 할 수는 없어서 가만히 있었다.

“그는 내 뒤를 한 걸음도 쫓아오지 못했다.”
하고 악심이 말했다.
그다음에 악심이 한 말에 영사는 그만 경악하고 말았다.

제70장

번뇌를 지우는 정토금령(淨土金鈴)

영사가 동굴 밖에 나와 보니 하늘은 별이 초랑초랑했고 수풀 사이에서 바람이 불어 소매 속으로 들어왔다.

태백이 어슬렁거리다가 보고 달려와 뒷발을 높이 올리며 껑충거리며 반가움을 표했다.

영사는 태백의 등을 어루만지며 작은 소리로 말했다.

"무서웠던 모양이구나. 나도 무서워 죽을 뻔했다."

등을 돌리고 금방 나온 동굴을 보니 다시금 전율로 몸이 부르르 떨렸다. 그렇게 몸이 떨리면 아무 생각조차 할 수가 없고 범을 만난 강아지처럼 오줌이 조금 나왔다.

영사는 태백의 등에 훌쩍 뛰어올라 무작정 도망치듯 그곳
을 벗어났다.

산 아래에 이르자 그제야 후! 하고 내뿜는 자기의 숨이 느
껴졌다.

이제 돌아봐도 보일 리 없었지만 그래도 영사는 향적사 쪽
으로는 고개를 돌리고 싶지 않았다. 오줌을 눌 때도 그쪽을
향해서 서면 오줌이 멎어버릴 것 같았다.

악심은 영사에게 빨리 와서 여명을 열라고 말했지만 영사
는 여전히 그럴 용기가 생기지 않았다.

다만 하지 않을 수 없다는, 반드시 해야 한다는 마음만이
두려워하는 영사를 지탱해 주고 있었다.

의승 담번이 자기를 위해서 걱정해 주었던 것이 너무 고마
웠다. 영사는 그의 말을 깊이 새겨들었어야 했다고까지 생각
했다.

한데 뒤에서,

"잠시 멈추시게!"

하고 외치며 누가 바람처럼 달려오고 있었다.

"거기! 잠시만 멈추시게."

가만있어도 뒤가 무서웠던 영사는 기절할 듯이 놀랐다. 자
기도 모르게 달아나고 싶어서 움찔하자 태백도 함께 껑충 뛰
었다.

하지만 그 음성이 아는 사람의 음성이었다. 바로 만영 주지였다.

영사는 손을 가슴에 올리고 어루만지며 쓸어내렸다. 아직도 그의 신경은 평상시만큼 강해지지 않았다. 작은 소리만 들어도 천둥소리를 들었을 때보다 더 크게 놀라고 말 상태였다.

영사는 몸을 조금만 돌리고 뒤를 보았다. 의도하지도 않았는데 손은 태백의 고삐를 꽉 움켜잡았으며 발은 박차를 가할 준비를 하고 있었다.

만영 주지를 봐도 하나도 반갑지 않았다. 향적사와 관련된 일이면 뭐든지 다 멀리하고 싶은 것이 영사의 심정이었다.

만영 주지가 달려오며 말했다.

"이것을 가져가시게."

영사는 만영 주지가 가까이 왔을 때 오히려 조금 물러섰다. 무언가를 진정으로 무서워한다는 것은 사람을 그렇게도 만들 수 있었다.

"아미타불."

만영 주지가 나직하게 불호를 외웠는데 그것조차 그런 느낌을 주었다. 만영 주지는 영사의 심정을 이해한다는 듯이 더 다가오지 않고 말했다.

"이것은 이제 귀인께서 가져야 할 것이네."

영사는 떨떠름하게 물었다.

"무엇입니까?"

만영 주지는 손가락 사이에서 금령(金鈴:금방울)을 끼우고 있다가 조심스럽게 영사에게 던져 주었다.

영사는 마치 큰 적을 상대하듯이 손을 뻗어 천천히 잡았다. 노란 금방울은 만영 주지가 악심 앞에 있을 때 가지고 있던 것이었다.

만영 주지가 말했다.

"선도금령(善導金鈴)이네. 선도 조사께서 오직 장로 한 분을 위해 공을 들여 만드신 것일세. 그동안 소승이 잠시 보관하고 있었으나, 이제 귀인께선 본사 장로를 이어 우리 정토종의 밀종(密宗) 계승자가 되셨으니 가져가시게."

영사는 노란 금방울을 자세히 보았다. 나뭇가지에 복숭아 열매 두 개가 함께 매달려 있는 것처럼 두 개가 한 고리에 꿰어 있는 쌍방울이었다. 방울 하나의 크기는 엄지손가락 첫 마디만 했다.

아주 오래된 것 같았으나 여전히 새것처럼 보였다.

만영 주지가 말했다.

"한번 흔들어보시게."

영사는 그 말에 따라 고리를 붙잡고 흔들어보았다. 두 개의 방울이 각자 소리 내고 또 함께 부딪쳐서 소리를 냈다. 한데 그 소리가 영사의 귀에 들어오자 영사는 마음이 편안하게 가라앉는 것을 느낄 수 있었다.

딸랑거리는 방울 소리가 영사의 마음에 있던 것들을 다 씻어내 버렸다.

영사는 놀랍고 기뻐하며 금령을 눈높이로 올려서 보았다.

만영 주지가 합장을 하고 말했다.

"그중 하나는 현령(顯鈴:드러내는 방울)이고 다른 하나는 밀령(密鈴:숨기는 방울)일세. 현령은 드러나 있는 우리 정토종 일반인 정토현종(淨土顯宗)을 의미하고 밀령은 귀인이 이은 정토밀종(淨土密宗)을 상징하네. 또한 현령은 선도 조사를 의미하고 밀령은 장로를 의미하고 있지."

영사는 방울 소리를 한번 더 냈다. 마음이 씻겨 내려가는 것을 다시 느낄 수 있었다.

만영 주지가 말했다.

"현령은 하루 칠만 번씩 아미타불을 염송하신 선도 조사 만년(晩年)의 '아미타불'과 똑같은 소리를 내도록 만들어졌네. 밀령은 장로께서 악에서 악을 이기고 성불하시어 그 마음의 힘이 가장 강하실 때의 염송을 담았네. 그래서 금령에는 백팔번뇌를 씻어 내리고 마음속의 악을 이기는 효험이 있음일세. 소승도 금령의 덕을 많이 보았다네."

"방울에 음성을 담을 수도 있는 것이군요."

하고 영사가 감탄하여 말했다.

만영 주지가 말했다.

"그 이치는 소승이 알지 못하네. 하지만 전에 한 번 듣기에 만든 과정은 길고 어려운 듯하더군. 먼저 금을 얇게 펴고 둥근 모양으로 잘라서 실에 매달아놓고 부위를 나누어 두드려보는데, 그 소리가 선도 조사께서 입을 다물고 오음(五音:궁상각치우)을 내시는 소리와 같은 것처럼 여겨질 때까지 금판의 두께와 크기를 조절했고, 그다음에 방울 속의 구슬을 준비했는데, 먼저 만들어놓은 금판으로 입속 모양처럼 둥글게 감싸고 흔들어보아서 입을 다물고 염송하는 것과 같이 여겨지는 소리가 날 때까지 구슬의 크기와 무게, 재질을 바꾸어 가면서 시험하셨다 하네. 그것이 다 이루어진 후에 방울의 열려 있는 부분의 길이와 넓이를 조절하여 조사의 평상시 '아미타불'과 같이 여겨지는 소리가 나도록 했다고 들었네. 이것은 현령이 만들어진 방법인데 밀령이 만들어진 방법도 다르지 않을 것일세."

처음에 선도 대사가 만든 것은 현령 하나였다. 자기를 위해 지옥에 가길 마다하지 않은 제자 악심을 끊이지 않는 자기의 염송으로 구해내고자 하는 마음에서였다.

실제로 현령은 악심이 지옥을 깨치고 나와 성불하는 과정에서 큰 힘을 발했다. 현령은 흔들면 어느 때나 선도 대사의 음성이 되어서 정신을 일깨우고 번뇌를 씻어주기 때문이었다.

악심이 밀령을 만든 것도 스승의 예를 따랐다.

그럼으로써 현령과 밀령은 선도 대사와 제자 악심이 하나로 맺어졌던 것처럼 하나를 이루어 각자가 소리 내고 또한 함께 부딪쳐 소리내며 더욱 온전해진 것이었다.

만영 주지는 금령의 이름이 처음에 하나였을 때 선도금령(善導金鈴)이었다가 후에 선악금령(善惡金鈴) 또는 현밀금령(顯密金鈴)으로 불린 적도 있다는 사실을 말해주었다. 그러나 금령의 대체적인 이름은 처음에 불렸던 것처럼 선도금령이었다.

만영 주지가 말했다.

"하지만 소승은 귀인께서 금령에 정토금령(淨土金鈴)이라는 이름을 지어주셨으면 하고 바라네."

영사는 금방울이 정토종의 현종과 밀종을 모두 나타내니 그렇게 불러도 되겠다 싶었다.

"예."

하며 고개를 끄덕이는데 만영 주지가 웃으면서 말했다.

"백팔번뇌를 모두 지울 수 있다면 이 땅이 바로 정토가 아니겠는가?"

“아하!”

하고 영사가 무릎을 쳤다.

만영 주지가 껄껄 웃었다.

방금 전 그가 한 말은 영사가 아침에 물었던 말의 답이었다. 악심 장로가 저음에 수도했다는 동굴 앞에서 만영 주지가 영사에게 정토종을 그만 풀어달라고 하면서 정토사상에 대해서 깊이 설명해 주었다.

그때 영사는,

“아미타불을 외워서 구제된 중생이 있는지요?”

하고 물었는데 그 답은 이러했기 때문에 영사가 듣기에 아주 애매했다.

“정토종의 구제는 아미타불을 외치는 그 순간부터 이루어지기 시작하네. 한 걸음 한 발자국씩 서방정토를 향해 가게 되고, 마침내 도달할 것이라는 믿음과 희망이 있는 한 이 세상에서의 괴로움은 그들을 더 이상 괴롭히지 못하게 되는 것이니까.”

영사는 그 말을 듣고 모르겠다고 말했는데 이제 만영 주지의 말을 듣고 나서 그때 그가 했던 말의 본 뜻을 이해하게 되었던 것이었다.

선도 대사가 아미타불을 염송하는 것과 같은 방울 소리를 들어도 번뇌가 씻기는데 하물며 자기가 공을 실어서 외운 아미타불에 그런 힘이 실리지 않을 까닭이 없었다.

만영 주지가 웃으며 말했다.

"이게 바로 우리 정토종이 아미타불만으로도 중생을 구제하는 이치일세."

영사가 크게 고개를 끄덕였다.

"정말 그렇군요."

하니 만영 주지는 입가에 그 특유의 느긋하고도 묘하며 사람 속을 조금 뒤집는 미소를 지으며 말했다.

"이제 귀인께서는 정토 현종의 대승적(大乘的) 가르침도 크게 얻었네. 세세하게는 장로께서 전하신 법과 내 말이 조금씩 다를 것이네. 하지만 그 차이가 바로 밀종이 밀종인 까닭이고 현종이 현종인 까닭일세. 그러니 그에 대해서는 깊이 연구할 필요가 없네. 하지만 귀인께서는……."

만영 주지는 말을 조금 끌었다.

영사는 이상하게 자기도 모르게 긴장이 되었다.

만영 주지가 말했다.

"…우리 정토종의 밀종과 현종의 종지를 모두 아는 사람이 되고 말았네."

만영 주지는 또 웃었다.

"온전한 정토종의 사람이 되고 말았다는 것이지. 앞으로 우리 정토종을 힘들게 한다면 콩깍지가 콩을 삶는데 쓰이는 것과 다를 바가 없다네."

"하하하하!"

영사는 큰소리로 유쾌하게 웃었다.

만영 주지 역시 엉큼한 사람이었다. 결국 아침에 말했던 뜻을 나름내로 관철시키고야 만 것이었다.

영사는 입으로 약속할 수는 없었지만 만영 주지의 부탁을 들어줄 수 있는 방법을 모색해 봐야 할 입장이 되고 말았다.

영사는 정토금령이 된 선도금령을 흔들어서 소리를 들었다. 두려움도 걱정도 근심도 마음속에 남아 있지 않았다. 정말 자기가 정토에 선 듯하고 우뚝하게 높이 솟은 곳에 오른 듯 마음은 묶인 데 없이 자유로웠다.

영사는 태백의 등에서 내려와 만영 주지의 앞에 서며 말했다.

"정토금령을 지닌 것이 바로 이 땅으로 정토를 끌어들여 움켜쥔 것과 다름이 없는 게 아닌가 싶습니다."

만영 주지가 합장을 하며 정중하게 말했다.

"상로께서 부처가 되기 위해 세우신 서원(誓願)이 바로 그것이었소. 그분께서 철연가(鐵連枷:쇠도리깨. 무기임)가 되시어 서방정토의 문을 깨뜨리셨으니 어찌 서방정토가 아미타불을 타고 흘러들지 않겠소?"

영사는 잡힐 듯 말 듯한 묘한 이치가 있음을 느꼈다. 만영 주지의 말이 옳다고 느껴지기는 했지만 정작 옳은 이유를 알 수가 없었다. 짧은 순간에 한 사람의 깨달음이 어떻게 많은 사람에게 영향을 주는 것일까 하는 의문도 스치고 지나 갔다.

만영 주지는 합장한 후에 서둘러서 돌아가 버렸다. 자기가 짊어졌던 큰 짐을 모두 내려놓았으니, 돌아갈 때 보이는 뒷모 습은 나는 듯이 가벼웠다.

영사는 태백의 등에 올라서 천천히 서안으로 향했다.

어차피 성문은 닫혀 있을 시간이었다. 그날 밤은 성벽을 억 지로 넘고 싶은 마음이 들지 않았다.

걸으면서 땅을 보고, 흔들리면 별을 보고, 손가락 사이에 고리가 낀 정토금령이 내는 '아미타불' 소리 같은 방울 소리 를 들었다.

세상은 신비로 가득 차 있고 저 망망한 우주만큼 넓다는 생 각이 들었다.

만나는 사람마다 자세히 살펴볼수록 은하수의 별들처럼 빛나지 않는 사람도 없었다.

영사는 태백에게 길을 맡기고 등에 누워버렸다.

하늘은 흔들리고 땅은 꿈틀거렸다.

그러나 영사는 편안했다.

　고개를 들면 언제고 별을 볼 수 있는 하늘이 있는 것처럼, 세상살이가 힘들다 할지라도 스스로 찾아보면 지나친 기쁨들과 다가올 기쁨들이 밤하늘의 별처럼 무수히 많을지도 모른다.

아직 절세(絶世)에 들지 못한다

태백의 등에서 성문이 열리길 기다려 다선루로 돌아온 영사는 바로 희겸의 가족의 머무는 곳으로 찾아갔다.

희겸은 어제 오후에 돌아와 가족과 상봉한 후였다. 새벽이었지만 그의 방에는 불이 훤하게 밝았다.

"아직 안 주무셔."

하고 진옥이 말했다.

희겸은 일찍 일어난 것이 아니라 아예 자지 않고 있었던 것이다. 그것은 정향이나 계월 등 영사가 가장 가까운 다섯 사람도 마찬가지였다.

“전 괜찮아요. 다친 데도 없고.”

영사는 그녀들에게 기어들어 가는 소리로 말했다.

영사가 밤에 나가고 나면 항상 그녀들은 벼랑 끝에 몰린 듯이 잠들지 못했다.

정향이 밀했다.

“우린 괜찮아.”

하지만 음성은 탈진한 듯했다.

“기별할 테니 들어가 봐.”

하면서 문으로 걸어가는 모습이 영사의 가슴을 무겁게 만들었다. 살아오면서 밤을 새운 날이 수도 없을 정향을 탈진시킨 것은 밤이 아니라 밖에 나갔던 영사에 대한 걱정이었다.

영사는 희겸이 들어오라는 말을 하길 기다리는 동안에 금방울을 꺼내 정향에게 주면서 말했다.

“여기서 무슨 소리가 나는지 봐주세요. 자꾸 흔들면 애기 소리가 난다고 해요.”

정향은 방울을 받으면서 무슨 뚱딴지같은 소리냐는 듯한 얼굴을 하고 있었다.

영사는 희겸의 방으로 들어가며 말했다.

“들어보고 저한테도 알려주세요.”

“뭐야? 뭐?”

하면서 화연이 고개를 내밀었다가 날름 집으며 말했다.

"예쁜 방울이네. 꼭 남자 그거 같다."

영사는 방으로 들어가다가 멈추고 돌아보았다. 머리에서 줄 터지는 소리가 팅! 하고 났다. 정토종의 가장 중요한 보물일 뿐만 아니라 어쩌면 세상에 다시없는 보물인 정토금령이 화연의 손에 들어가자마자 그런 장난감으로 변해 버린 것이었다.

화연은 자기의 가운데 손가락에 방울을 양쪽으로 나누어 걸고 흔들어 보이는 중이었다.

영사는 뭐라고 말을 해야 할지 몰라서 멍하게 섰다.

하지만 화연의 못된 장난에도 정토금령은 맑은 소리를 내고 있었다.

"어!"

하고 화연이 손을 멈췄다. 방울 소리가 아주 이상했던 것이다.

정향과 진옥 등도 방울 소리를 듣고 이상한 표정을 짓고 있었다.

화연은 손 모양을 바꾸지 않은 채 고개를 갸웃거리며 다시 방울을 흔들었다. 불경스런 모습으로 정토금령은 울렸고 주변이 어딘지 모르게 변해 버린 것 같았다.

정토금령은 번뇌를 씻어 내리니 마음이 가벼워진 것이고 그 마음이 보고 느끼는 것들은 전과 다른 듯이 느껴진 때문이었다.

진옥이 화연의 손에서 방울을 두 손으로 받쳐들며 말했다.

"귀한 보물이구나."

"예."

하면서 영사는 빙으로 들어갔다.

이후에도 밖에서 계속 방울 소리가 울렸다. 서로 번갈아 가면서 이렇게도 흔들어 보고 저렇게도 흔들어보며 애기 소리가 나는지 확인하려는 것 같았다.

희겸은 침상에서 일어나 앉았고 희 부인은 침상 앞에서 옆으로 선 채 영사를 맞았다.

"무사하여 다행이다."

하고 희겸이 말했다.

영사는 머리를 숙여서 함께 말했다.

"무사하셔서 다행입니다."

탁자에 마주 자리를 하고 희겸이 말했다.

"그는 어땠느냐?"

악심 장로를 두고 하는 말이었다. 영사는 산 아래의 개전에서 그에게 악심 장로를 만나러 가야 한다고 말했었다.

희 부인이 과자와 차를 탁자에 가져다주었다.

영사는 자리에서 일어났다가 앉은 후에 말했다.

"훌륭하신 분이었습니다."

양씨는 아이들이 있는 옆방으로 건너갔다.

희겸이 잠시 생각한 후에 말했다.

"그에 대해서는 구궁원(究窮園)에서 많이 알고 있다. 구궁원에서 이루어지는 연구의 상당 부분이 그에 대한 것이었으니까."

영사가 물었다.

"구궁원은 어떤 곳입니까?"

희겸이 말했다.

"우리 사문의 조직은 크게 보면 방림부삼원(幇林府三園)이 있다. 방(幇)은 의방(義幇)이고 사문의 의사를 결정하고 관장하는 곳이다. 림(林)은 춘추림을 말하니 사문의 역사를 기록하고 오래된 문서를 관리한다. 부(府)는 염왕부로 의방의 결정과 사문의 율법에 따라서 배신자를 처단하는 등의 일을 맡고 있으며, 삼원(三園)은 첫째가 구궁원, 둘째가 관정원(灌頂園), 그리고 셋째가 저 동심원이다. 구궁원은 세상의 모든 이치를 궁구하는 곳이고, 관정원은 강호의 흐름을 살피는 조직이고, 동심원은 강호를 조율하는 곳으로 조직으로서는 가장 방대하다. 후에 자세히 설명해 주마."

영사가 조심스럽게 물었다.

"사문은 강호 전체를 관장하는 곳입니까?"

희겸은 잠시 동안 입을 다물고 있다가 말했다.

"그렇기는 하다. 하지만… 너는 알아야 할 것이 많다. 사문은 강호를 지배하는 방파와 같은 것이 아니다. 이것도 세세한 점은 다음에 말해주마."

영사도 사문에 대해서는 사부 우전에게 들었던 것과 자기가 경험한 것을 바탕으로 짐작하고 있는 것이 많았다.

더 자세히 묻지 않고 본론을 말했다.

"만영 주지가 제게 부탁을 해왔습니다. 이제 그만 풀어달라고 하였습니다."

영사는 만영 주지의 부탁을 오랫동안 묶어둘 생각이 없었다. 가능한 일인지 아닌지부터 판단하여 할 수 있는 만큼은 빨리 처리할 생각이었다.

영사는 남을 기다리게 하는 것은 언제나 자기에게 좋지 않은 결과를 가져온다고 느끼고 있었기 때문이다.

희겸이 머리를 흔들었다.

"그건 너나 내가 할 수 있는 게 아니다. 우리 사문은 새로운 사상과 흐름에 대해서 약속과 맹세로 묶는 일은 해왔지만 한 번도 풀어준 적은 없었다. 의방에서 결정하여 풀어줄 수도 있겠지만 가능하지 않을 것이다. 아마… 그래서도 안 될 거다."

영사가 생각하다가 조심스럽게 말했다.

"향적사의 장로께서는 상상할 수 없을 정도로 큰 힘을 지 녔습니다."

희겸이 고개를 끄덕였다.

"알고 있다. 그는 지금 세상에서는 가장 거대한 존재다. 하 지만 그도 사문에 맞서지는 못한다. 네가 말하는 뜻은 알겠다 만 걱정하지 않아도 된다."

영사는 속으로 은은히 놀랐다.

악심은 부처의 반면증거로 부처가 된 사람인데도 사문에 대적하지 못한다니 사문은 대체 무엇인가 싶었다.

희겸이 말했다.

"이는 사문의 다른 사람들은 잘 모르는 일이다. 다만 나는 춘추림을 관장해 왔기에 조금 더 알고 있는 정도다."

희겸은 웃으면서 말했다.

"우리 사문의 역사에는 악심과 같은 힘을 지녔던 분들이 여러분 계셨었다."

영사가 물었다.

"그분들도 부처가 되셨습니까?"

"아니다."

희겸이 엄숙하게 말했다.

"그분들은 무제(武帝)라고 불리신다."

순간 영사는 가슴이 꿈틀 하는 것을 느꼈다.

희겸은 태도를 반듯이 하고 더 할 수 없는 존경을 담아서
말했다.

"맨 처음의 무제(武帝)께서는 맨 처음의 황제(皇帝)가 나오
기 훨씬 이전에 나오셨다. 그분의 자는 굳센 남자라는 뜻의
견보(堅甫)셨고 성은 황(黃), 이름은 산고(山高). 우리 사문에
서는 그분을 일러 시무제(始武帝)라고 추존하고 있다."

희겸은 비밀스럽게 말했다.

"우리 사문은 그분 조사(祖師)로 말미암아 시작되었다."

사문의 시초에 대한 역사였다.

"조사께서는 춘추시대 위(衛)나라에서 나셨으며 옛 성인의
도구이자 성천자께서 우주를 다스렸던 도구인 예악(禮樂)의
여러 갈래를 이으셨다. 삶과 죽음의 경계에서 무제가 되셨고
그분께서 지금의 강호를 만드시고 법을 지으셔서 그 이전에
흩어져 있던 이인과 기사를 모두 받아들여 다스리셨다."

'진짜다.'

영사의 머릿속에서 그 생각이 먼저 떠올랐다.

시무제 황산고는 자기의 세상을 열었던 것이었다. 무제라
는 존호에도 수긍이 갔다. 그는 그렇게 세상을 열고 그 세상
의 임금이 된 것이다.

악심이 말한 바와 다르지 않았다.

황산고는 춘추시대의 인물이었다. 당시의 군사도시인 위나라의 황가진에서 태어났으며 그의 조부는 불패장군 황채욱이었다.

소문에는 그가 태어날 때 어머니의 옆구리를 가르고 나왔다는 말도 있었다.

그의 사부는 이무기라는 별명을 가졌던 기인 배일청이었고, 그의 의부(義父)는 위나라 임금의 아우로 전설적인 재상이며 현인이었던 위 공자(衛公子)였다. 그의 아내는 설 씨(薛氏)였는데 명문의 여자로 주(周)나라 제후 설(薛)의 후손이었다.

황산고에게는 무력(武力)에서는 그와 비슷한 정도의 능력을 가진 친구들도 여러 명이 있었다.

시무제 황산고는 천자가 아니었지만 성천자가 진정으로 가져야 하는 것들을 가졌기에 그가 살아 있을 때의 세상은 그를 중심으로 돌았다(주:무제본기 황산고 편을 참조).

희겸이 말했다.

"그분은 전설과 신화의 시대를 마감하고 지금의 강호를 열었다. 그 이후에도 무제가 되신 분이 간혹 나와서 우리 사문은 지금까지 존속해 올 수 있었지."

영사는 충격이 적지 않았다.

한참 입을 다물고 있다가 물었다.

"지금… 사문에서 가장 높으신 분은 무제십니까?"

희겸이 한숨을 쉬었다.

"무제께서 계시다면 사문이 이렇게 되었겠느냐? 우리 사문은 무제가 나오지 않으면 가장 높은 사람이란 존재하지 않는다. 다만 율법에 따라서 결정하고 각자의 약속, 맹세에 따라서 일할 뿐이다."

영사가 물었다.

"그렇다면 지금 향적사의 그분께서 우리 사문에 적대하지 못하는 까닭은 무엇입니까?"

희겸이 말했다.

"소용없기 때문이다. 벗어나고자 하는 것은 주지스님의 생각일 뿐 그의 뜻은 아닐 것이다."

"왜 그런지 가르쳐 주십시오."

하고 영사가 말했다.

희겸은 잠시 있다가 말했다.

"사문의 큰 뜻은, 인진(人進:사람이 나아감)에 있기 때문이다. 이는 시무제 황산고 조사의 뜻이기도 하다."

영사는 언뜻 이해할 수가 없었다.

희겸이 미리를 조금씩 흔들면서 말했다.

"나도 잘 모른다. 하지만 진정으로 훌륭하신 분들, 깨달은 분들은 모두 수긍하시는 모양이더구나. 그것은 한 사람이 나아간 곳은 인류 전체의 영역이 된다는 말로 표현한다."

영사는 입을 벌리고 멍하니 있었다. 서안으로 돌아오는 길에 그가 잠시 생각했던 것이기도 했다. 잡힐 듯 말 듯한 뭔가가 눈앞에서 떠다니고 있었다.

희겸이 말했다.

"깨우친 사람들은 이 뜻을 알고 이 뜻을 아는 사람들은 사문을 거역하지 않는다. 이는 시무제의 숭고한 뜻으로 장차는 모든 인간이 고통에서 벗어나 행복을 누릴 수 있게 해준다고 생각하기 때문이다."

똑같다는 생각이 영사의 머릿속을 울렸다. 사문의 뜻이나 정토사상이나 결국 말하는 것은 같은 것 같았다.

"너는 크게 느끼는 것이 많구나."

하고 희겸이 말했다.

영사는 '예' 하고 대답했다.

희겸이 쓸쓸하게 말했다.

"그 이유를 아느냐?"

영사는 머리를 저었다.

희겸이 쓸쓸하게 웃으며 말했다.

"혼자 배워서 배울 게 많이 남았기 때문이다. 너는… 아직 많이 노력해야 한다."

영사는 머리를 숙였다.

희겸이 말했다.

"네 무공은 강한 편이다. 십이객 중에서 주야장천검객 허장성을 이길 정도였으니까."

"보검의 득을 보았습니다."

하고 영사가 말했다.

희겸이 말했다.

"그런 건 상관없다. 내가 하려는 말은, 세상에서 말해지는 사십구 인의 절세고수는 고수의 숫자가 아니라는 것이다. 그들 사십구 인은 우리 사문에서 정했다. 그들은, 무공의 정도에 대한 잣대가 되기에 적합했다. 그들 각자와 비슷한 정도의 고수는 많다. 우리는 그 고수들의 수준을 간단히 말하기 위해서 마흔아홉 개의 잣대가 필요했던 것이다."

영사는 쓴웃음을 지었다.

결국 그랬던 것이다. 위지결이 잠시 사십구 인에 들었던 것은 세상 사람들이 그렇게 불렀던 것일 뿐이었고, 사문은 그걸 적합하지 않다고 생각해서 그를 사십구 인의 절세고수에서 빼버렸던 것이다.

희겸이 말했다.

"세상엔 고수가 많다. 네 스승께서는 천하제일을 눈앞에 두고 계셨던 분이지만 너는 많이 닦아야 한다. 아직 너는 절세(絶世)에 들지 못한다.”

　영사는 희겸에게 절하고 나왔다.

　희겸은 영사에게 기꺼이 작은 아저씨가 되어준 사람이었
다. 그가 영사의 윗사람이 된 것은 그를 다스리기 위해서가
아니라 그를 더 큰 재목으로 만들기 위함이었다.

　영사는 자기의 존재가 아직도 너무 보잘것없음을 알았다.
희겸이 말한 대로였다. 자꾸 깨닫게 된다는 것은 배운 것, 이
룬 것이 너무 없다는 의미였다.

　한 권의 책을 읽어도 읽을 때마다 느끼는 바가 다른 데 평
생을 수련하는 무공에서는 말할 것도 없다.

　한 가지 권법이라도 오랫동안 수련하다 보면 깨닫는 것이
수도 없을 것이다. 정말 달인이라면 알게 되는 것도 익숙해져
서 물 흐르는 듯이 자연스러울 것이다.

　‘나는 까마득하구나.’

　하고 영사는 속으로 중얼거렸다.

　사십구 인의 절세고수라고 할 때 절세의 의미는 어떻게 보
면 우스운 말이었다. 그런 말은 원래 존재할 수도 없었다. 절
세(絶世) 혹은 절대(絶代)라는 말은 세상에 이미 비길 것이 아
무것도 없다는 뜻이다.

　사십구 인의 절세고수라는 것은 처음부터 말이 되지 않는

것이었고, 절세라는 말 자체가 사문에서 붙인 것으로 세상의 다른 고수들과 구분하여 관리한다는 뜻을 가지고 있는 것이었다.

영사는 아직 절세(絕世)에 들지 못한다는 말은 아직 영사가 사문의 관리를 받을 만큼 대단하지 못하다는 것을 의미했다.

밖으로 나오니 희겸의 부인 양씨가 손을 모으고 전송해 주었다.

영사는 진옥이 챙겨준 아침을 먹고 침상에 들어갔다. 잠을 자고 싶은 것은 아니었지만 푹 자야겠다고 생각했다.

제72장

이상해진 화연

꿈을 많이 꾸고 눈을 떴는데, 밖에서 이야기하는 소리가 들리고 있었다.

"얘, 네 엄마 아빠 어제 뭐 했니?"

화연의 음성이었다.

잇따라 꼬마의 음성이 들렸다.

"엄마가 실과 바늘로 아빠 몸을 기웠어요."

희겸의 다섯 살짜리 아들 희윤(姬允)이었다.

화연이 또 말했다.

"호호호, 네 아빠가 뭐 헝겊 인형이니? 깁게."

희윤이 말했다.

"정말이에요. 헝겊 인형처럼 허연 속살이 마구 터져 나왔더라고요. 엄마가 그랬어요. 심하게 움직이면 실이 터지니까 함부로 움직이면 안 된다고요."

"멀쩡해 보였는데……."

하는 화연의 음성이 이어졌다.

"한데 넌 여기 뭐 하러 왔니?"

영사는 자기가 자는 동안 화연이 방 밖에서 계속 있었구나 하고 생각했다.

희윤이 말했다.

"심부름 왔어요."

"뭔 심부름?"

"엄마가 이것 가져다 드리래요."

영사는 일어나서 문을 열었다. 화창한 날씨였다. 하늘은 파랬는데 양떼구름이 남쪽에 머물러 있는 게 보였다.

화연이 희윤 앞에 쪼그리고 앉아서 놀다가 고개를 돌렸다.

"일어났니?"

"예."

하고 영사가 대답했다.

희윤이 달려와 인사하며 헝겊 주머니 하나를 두 손으로 들어 올렸다.

"단 공자님께 가져다 드리랬어요."

눈이 반짝이고 입매가 다부진 것이 보통 꼬마가 아니었다. 엄마도 그렇고 아버지도 그런 분이니 자식이 단정하고 총명해 보이는 것도 당연했다.

영사는 받은 후 정원의 바위에 앉아서 열어보았다. 화연은 뭔가 하며 기웃거렸고 희윤도 눈을 초랑초랑하게 뜨고 보고 있었다.

주머니에서는 흰 비단으로 만든 머리띠가 하나 나왔다. 아무런 장식도 없었지만 바느질 솜씨만은 말 그대로 초절하여 머리띠가 예사로워 보이지 않았다.

손에 닿는 느낌이 매끈하면서도 올록볼록하고 산뜻하여 자세히 보니 흰 비단 위에 흰 비단실로 수가 놓여 있었다.

햇빛에 비추어보니 구름 속에서 노니는 한 마리의 용이 수 놓아져 있었다.

그리고 머리띠의 한쪽 끝에는 역시 흰 비단실로 수가 놓여 있었는데, 일보이성(一步而成)이라는 글자였다. 한 걸음만 더 나아가면 이루리라 하는 말에서 따온 글이 분명했다.

한 걸음만 더 나아가면 이루리라.

양씨가 영사와 희겸의 말을 대충 들은 후에 만든 모양이었
다.

영사는 희윤에게 과자를 손에 쥐어 주고 돌려보냈다.

화연이 보고는 감탄하며 말했다.

"정말 잘 만들었다. 신품(神品)이네. 어쩜 이렇게 잘할 수
있지?"

영사는 머리에 묶으면서 말했다.

"씻을 때 외엔 풀어놓지 말아야겠어요."

화연이 웃었다.

"그래 한눈팔면 누가 훔쳐가고 말 거야."

영사는 풋, 하고 웃었다.

화연은 이미 머리에 묶인 머리띠의 끝에 새겨진 네 글자를
보면서 아쉬운 듯이 말했다.

"이 말은 내 방에도 여러 군데 적어놔야겠다."

영사는 뜻밖이라서 화연을 보았다. 화연은 책도 재미나는
것 외에는 읽으려 하지 않았고 뭔가 애써 노력하려는 법이 없
었기 때문이다.

화연이 진지하게 말했다.

"남자들이 꼭 알아야 하는 말이야."

영사는 머리를 끄덕였다. 수련을 할 때는 반드시 명심해야
할 말이라고 영사도 생각하고 있었다.

화연이 중얼거렸다.

"딱! 한 번만 더 움직여도 되는 데 거기서 뻗어버리는 놈들이 많단 말이야. 환장하게시리."

영사는 화연이 무슨 말을 하는지 알았다. 낯이 확 달아올라서 빨리 방으로 걸어가 버렸다. 뒤에서 화연이 살살 웃으면서 따라왔다.

화연의 머릿속에는 온통 그런 생각밖에 없는 것 같았지만 곰곰이 생각해 보면 그녀의 말 중에 틀린 것은 거의 없었다. 확실히 그녀는 그런 쪽으로 도가 터버린 사람일지도 몰랐다.

영사의 머릿속에는 육선녀가 왔을 때 화연이 색녀를 경계하라던 다른 사람들과는 전혀 다르게 내놓았던 대처 방법이 맴돌았다.

따먹고 버리고 어쩌고 하는 말이었다. 어찌 보면 화통한 정도를 넘어서 화연에게는 대범함도 있었다.

"오늘은 조금 일찍 모였으면 좋겠어요."

하고 영사가 말했다.

정향 등이 함께 모여 의논하는 시간을 두고 하는 말이었다.

화연이 대답했다.

"응, 그렇게 전해놓을게. 저 안에 있으니까 일어나길 기다리면 돼."

영사는 방으로 들어와 찻주전자를 들려다가 의아한 표정

을 지었다. 그러고 보니 화연이 방밖에 있던 것도 조금 이상했다.

걱정이 되었어도 다른 일이 적은 진옥이나 정향이 있었어야 정상이지 낙원루를 책임지고 있는 총관인 화연이 거기 있을 일은 아니었다. 밤 생활에 익숙한 그녀들이 모두 동시에 잠이 든다는 것도 별스럽다.

화연은 고개를 내밀어 일꾼에게 음식을 가져오라고 한 후에 말했다.

"네가 준 방울 자꾸 흔들어대더니 다 잠들고 말았어. 듣기는 좋던데. 이거 혹시 밤에 안 자고 성가신 애 재우는 방울이니?"

화연은 품에 손을 넣더니 정토금령을 꺼내서 몇 번 흔들었다. 아마타불 소리처럼 들리는 방울 소리가 마음을 청량하고 안온하게 해주었다.

영사가 물었다.

"아무렇지도 않아요?"

"뭐가? 듣기 좋기만 한데."

하고 화연이 말했다.

영사는 혹시나 하여 머뭇거리며 말했다.

"화연 아씨는 아무 걱정도 없어요?"

화연이 머리를 저었다.

"내가 뭘 걱정은? 그런 걸 왜 하니?"

영사는 또 물었다.

"그럼 마음이 늘 편안해요?"

화연이 고개를 끄덕인 후에 말했다.

"흥분했을 때 빼고."

영사는 더 묻고 싶었지만 말이 그렇게 나오자 더 묻지 못했다.

역시 화연에게는 뭔가가 있는 게 틀림없었다. 하지만 그게 언제부터인지는 딱 하고 감이 잡히지 않았다.

화연은 도통한 사람처럼 아무런 번뇌가 존재하지 않는 것 같았다.

화연이 말했다.

"영사 너, 별 이상한 걸 다 물어본다. 꼭 그 도사 녀석처럼."

"저처럼 물은 도사가 있어요?"

하고 영사가 물었다.

화연이 말했다.

"응. 내가 등골 도사라고 부르는 녀석인데, 아직 젊은 놈이 아주 밝히거든. 가끔 찾아와. 그 녀석은 놀 줄 알아. 내 속을 태워서 탈이지."

영사가 물었다.

"제가 들어본 적 없는 사람인 것 같군요."

화연이 말했다.

"아니, 들어봤어. 그러니까… 응, 그 계집애들이 왔다가고 얼마 안 되서였을 때부터 일거야. 내가 이야기했어. 쌍칼 찬 도사 녀석인데 멀건하게 생긴 놈이 노는 건 잘 논다고. 그때 는 제 딴에 시도 줄줄 읊어댔는데 내가 별로 모르니까 담부터 그 짓은 안 하더라고."

영사는 기억이 났다.

여씨라는 도사였다.

여(呂)라는 글자는 사람의 등골을 본 떠 만든 글자라서 화 연은 그 도사를 등골도사라고 불렀다. 그는 떠돌이 도사였고 잘 논다는 것 외에는 별로 주목할 것이 없었다. 당시에 화연 은 그 도사가 잘 논다는 걸 주로 강조했었다.

영사는 화연의 입에서 어떤 소리가 나올지 몰랐지만 물어 보았다.

"어떻게 속을 태워요?"

"쳇!"

하고 화연이 웃고 말했다.

"너도 꽤나 알고 싶은 모양이지? 그 녀석은 말이야. 정말 잘 놀아. 질 노는 데 꼭 그 한 걸음이 부족해. 묘하게 알고 한 걸음 앞에서 딱 멈춰 버린다고. 내가 무슨 짓을 써도 소용이 없었어. 시합을 두 번이나 했는데 다 내가 졌어."

영사는 별 요상한 시합을 다 하니까 잘 논다고 했겠구나 하
고 생각했다.

"도사니까 방중술을 익힌 모양이군요."

화연이 코웃음쳤다.

"웃기는 소리야. 보통 도사놈들은 주둥이로만 방중술 닦았
는지 아랫도리는 그저 그래. 입으로만 환정보뇌니 어쩌구 하
는 소릴 해대고 잘 안 되면. 흥."

영사가 말했다.

"다음에 그 도사가 오면 알려주세요."

화연이 말했다.

"등골도사는 낙원루로 오지, 여기로 안 와. 그래도 여기에
오면 내가 사람을 보낼게."

일꾼이 음식을 가져와서 영사는 먹기 시작했다. 화연은 옆
에서 시중을 들어주면서 자기도 조금씩 먹었다.

영사는 먹으면서 생각했다. 정말 화연이 조금씩 달라진 게
그때부터가 아니었나 싶었다. 그전에도 다른 면은 있었지만
육선녀 일이 있은 후부터 많이 달라진 것 같았다.

영사는 살며시 화연의 기색을 살피며 말했다.

"혹시 그 사람이 뭘 요구하거나 알려고 하지는 않았어요?"

화연이 말했다.

"응, 돈도 많은 것 같았어. 그냥 너에 대해서 좀 물은 것 외

엔 별로 물은 것도 없어. 하지만 우리 단 공자에 대해서는 안 물어보는 사람이 없잖아.”

영사는 고개를 끄덕였다.

얼마 후에 잠들었다던 정향 등이 일어나서 찾아왔다.

영사는 그녀들에게 바로 말했다.

“집을 옮겨야겠어요.”

“어디로?”

춘현이 놀라며 물었다. 다선루는 춘현이 맡고 있었고 영사는 다선루에 있었기 때문에 춘현은 다섯 사람 중에서 그래도 자기가 으뜸이라고 늘 생각해 왔던 차였다.

화연이 말했다.

“우리 낙원루로 가자.”

정향과 계월, 진옥, 춘현이 동시에 소리쳤다.

“낙원루는 안 돼!”

“체.”

하고 화연이 고개를 돌려버렸다.

정향이 말했다.

“봉황루로 옮길래? 아니면 윈교장?”

봉황루는 영사 소유의 기업 중에서 가장 큰 객점으로 서문에 위치하고 있다. 건물의 위용으로 봐서는 거기가 적당했다.

원교장은 영사가 사서 필운을 다선루에서 내보낸 곳이었
다.

정향은 아주 잘 생각했다는 듯한 표정을 짓고 있었다. 평소
에도 그녀는 영사가 기녀들만 가득한 다선루에 있는 것을 아
주 못마땅해했다.

영사가 말했다.

"원교장으로 가야겠어요."

진옥이 아주 곤란한 표정으로 말했다.

"그럼… 저… 기 저분들은 어쩌고?"

"함께 가려고요."

영사가 말하자 진옥이 더 난감한 표정을 지었다. 정향 등도
알고서 곤혹스러워했다.

화연이 말했다.

"거긴 관군들도 있잖아. 잡혀가면 어쩌려고?"

부빈왕래장은 불탔고 군사들을 희겸과 그 가족을 잡기 위
해서 혈안이 되어 있는 상태였다. 영사의 기업들은 영사가
관리들과 맺고 있는 관계 때문에 아무런 영향을 받지 않았지
만, 서안의 거리는 이로 인해 행인들이 많이 줄어든 정도였
다.

희겸이 반역을 했다는 소문으로 서안은 들끓고 있었고, 어
디서나 희겸에 대한 이야기가 나도는 중이었다.

정향의 얼굴에도 긴장이 어려 있었다.

반역자를 도와주면 함께 처벌받는 것이 법이었다. 반역이라는 죄는 한 번 걸려들면 재상이나 왕공이라 해도 빠져나갈 도리가 없으니 만약 영사가 얽혀든다면 서안에서 죽어나가야 할 목숨이 몇 개인지도 헤아릴 수가 없었다.

그런 마당에 희겸을 그곳으로 옮기는 일은 분명히 위험을 자초하는 일이라 할 수 있었다. 허허실실 따위를 운운할 때가 아니었다.

영사가 말했다.

"필 아저씨를 만나서 부탁을 하면 될 거예요."

원교장의 명목상 주인은 필운이었다. 그리고 필운은 영사의 명목상 또는 실질상 후견인이라 할 수 있었다.

정향이 말했다.

"그 사람이 우두머리잖아."

화연이 고개를 끄덕이며 대답했다.

"그러니까 영사가 부탁하면 되겠네."

정향은 화난 듯이 화연을 쏘아보았다. 화연은 그러거나 말거나 하는 표정을 지었다.

진옥이 음성을 낮추고 물었다.

"그분은 정말 반역을 했니?"

영사가 고개를 끄덕였다.

"사실인 것 같아요. 조금 경우가 다르기는 한 것 같아도."

춘현이 물었다.

"그럼 너도 반역을 할거니?"

영사는 고개를 저었다.

"모르겠어요. 전 그런데 관심없어요. 하지만 장담하지는 못하겠어요."

계월이 물었다.

"그 사람은 왜 반역한대? 소문에 들리기로는 망한 척했지만 실은 엄청난 부자라고 하던데. 그럼 왕처럼 살 수 있는 거 잖아."

영사는 또 머리를 흔들었다.

"잘 몰라요."

진옥이 물었다.

"우리가 그분하고 꼭 가까워야 하니? 넌 이전엔 그분을 몰랐잖아."

영사가 한숨을 쉬고 대답했다.

"제가 그분을 위험하게 했어요. 하마터면 일을 망칠 뻔했어요."

진옥이 또 물었다.

"그럼 오히려 반역자에 대해서 큰 공을 세운 것 아니니?"

계월과 춘현이 고개를 끄덕였다.

영사가 엄숙하게 말했다.

"그분은 저하고 관련이 깊었어요. 제 사부님과 아시는 분이셨어요. 저는 그분을 소숙(少叔:작은 아저씨)이라고 부르게 됐어요."

진옥은 영사의 말투에서 함께 죽으면 죽어도 영사가 희겸을 관군에 넘겨주는 일은 없을 것이라는 사실을 알 수 있었다.

정향이 말했다.

"너무 위험해. 다른 장소를 찾거나 서안을 떠나게 하는 게 더 나을 것 같다."

진옥이 머리를 저었다.

"그건 아닌 것 같다. 숨어 있기에는 우리가 잘 알고 있는 서안이 더 나아."

영사는 그녀들이 계속 의논하도록 두고 듣기만 했다. 영사가 가만있자 논의는 점점 격해지는 것 같았다.

그러다 영사는 갑자기 벌떡 일어났다.

춘현이 말하다가 놀라서 멈췄다.

영사가 소리쳤다.

"돌아가요! 빨리 돌아가서 아무 일도 없었던 것처럼 하세요!"

정향이 영사의 팔을 잡으며 물었다.

"왜 그래?"

영사는 안색이 굳어진 채로 검을 잡고 뛰어나가며 말했다.

"소숙 가족이 여기 있다는 걸 알고 있는 자가 있어요."

계월 등의 안색이 파랗게 질려 버렸다.

영사는 경신술을 펼쳐 단숨에 희겸이 있는 별채로 달려가며 나직하게 외쳤다.

"소숙!"

마당에서 다섯 살 희윤과 일곱 살 희주(姬澍)가 꽃그늘에서 놀다가 눈을 동그랗게 떴다. 영사는 한 품에 두 아이를 안아 들고 희겸의 방으로 뛰어들어 갔다.

희겸은 침상에 엎드려 있고 희 부인은 그의 상처에 약을 발라주는 중이었는데 희 부인이 이불로 급히 희겸의 등을 덮고 있었다.

신분이 높은 사람은 비록 남자라 하더라도 속살을 남에게 보이는 것을 수치로 여기기 때문이었다.

희겸이 물었다.

"무슨 일이냐?"

영사는 아이들을 침대 앞에 내려놓으며 희 부인 양씨에게 물었다.

"아주머니, 저한테 가라는 전갈을 해온 사람은 누구였습니까?"

양씨는 침선바구니를 챙기며 침착하게 말했다.

"장안표국의 표사였습니다. 좋지 않은 마음을 먹고 있는 듯하여 제가 살지 못하게 하였습니다."

아이들이 있어서 죽였다는 말을 둘러서 했다.

영사가 물었다.

"한 사람뿐이었습니까?"

양씨가 고개를 끄덕였다.

희겸이 무겁게 말했다.

"네 사람이다."

영사가 물었다.

"그들을 알아볼 수 있으시겠습니까?"

희겸이 고개를 끄덕였다.

영사가 방에서 물러나며 말했다.

"서둘러야겠습니다. 준비되시면 바로 나와주십시오."

양씨가 굳은 얼굴로 말했다.

"제가 소홀했습니다."

희겸은 옷을 걸치며 희주를 한 번 안아주고 웃음을 지었다.

"재수가 없었을 뿐이오."

양씨가 굳은 얼굴에 웃음을 머금었다.

희겸이 사업에 실패할 때마다 하던 소리가 바로 그 소리였
다.
희겸이 말했다.
"염려하지 마시오."
"예. 다녀오세요."
양씨가 두 아이를 거두면서 대답했다.

영사는 희겸이 밖으로 나오자 변검의 수법으로 그의 얼굴
을 바꾸고 말을 꺼내 와서 나란히 타고 나갔다.
길거리에 사람이 적어서 말을 달리기에는 좋았다.
"어떻게 할 참이냐?"
하고 희겸이 물었다.
영사가 지그시 이를 악물며 말했다.
"장안표국을 없애 버려야겠습니다."
희겸은 고개를 끄덕였다.

장안표국은 멀지 않은 곳에 있었다. 그러나 영사는 곧장 장
안표국으로 달려가지 않고 원교장으로 달려갔다.
두 마리의 말이 거칠게 달려오는 것을 보고 길에 있던 관군
들이 소리치며 막으려 했으나 그중의 하나가 단 공자의 부루
마 태백인 것을 보고 급급히 비껴났다.

영사는 원교장의 정문을 향해 달려가면서 소리쳤다.

"문을 열어라!"

영사를 알고 있는 자들이 안에서 문을 열고 영사와 희겸은 말을 달린 채 원교장 안으로 뛰어갔다.

삼호장 중에서 유일하게 살아남았던 인호장(人虎將) 배길음이 놀라 뛰어나왔다.

영사가 소리쳤다.

"사룡주께선 어디 계신가?"

잘못 하면 죽여 버리는 칠룡주다. 배길음이 겁이나 자기도 모르게 무릎을 꿇고 말했다.

"출타 중이십니다."

영사가 검의 수실 속에 있던 칠룡패를 보이며 말했다.

"수하들을 데리고 나를 따라라."

"존명!"

하고 배길음이 소리쳤다.

영사가 큰소리로 말했다.

"장안표국을 포위해라. 쥐새끼 한 마리도 빠져나오지 못하게 하라."

배길음은 큰 소리로 힘을 다해 복명했다.

영사는 그 소리를 들으면서 말머리를 돌려 장안표국으로 향했다.

배길음의 명령을 받은 자들이 원교장에서 분분히 뛰쳐나
왔다.

거리를 돌던 관군들도 소식을 듣고 장안표국을 향해서 달
려갔다.

영사는 달려가며 속으로 생각하고 있었다. 크게 벌여야 한
다. 아주 크게 벌여 버려야 진정된다. 입술을 질근 악물었다.

장안표국에는 미안한 일이지만 그들도 빌미는 제공했다.
영사는 마음을 독하게 먹었다.

제73장

불똥은 장안표국으로

"멈춰라!"

장안표국의 정문을 지키던 무사들이 소리쳤다.

영사는 태백에 박차를 가하여 속도를 높였다.

검을 칼집에서 뽑지 않은 채 휘둘렀다.

우우웡!

폭풍 같은 소리가 나면서 정문 무사 두 사람이 검에 휘말려 날아갔다.

꽝!

정문이 벼락치는 듯한 소리를 냈다.

영사는 표국 안으로 뛰어들며 고함쳤다.

"장안표국주는 어디에 있는가!"

표국에서 일하는 사람들이 중구난방으로 흩어지고, 표사들이 무기를 들고 달려나왔다. 그러다 영사를 보고 놀란 표정으로 멈추었다.

"단 공자!"

누군가가 소리쳤다.

영사는 표국 안에서도 말을 멈추지 않았다. 넓은 마당을 원을 그리며 질주하는 중이라 그 기세가 무시무시했다.

"이게 무슨 짓이시오?"

하면서 소리쳤던 자가 달려나왔다.

영사가 위지결에게 돈을 보낼 때 만난 적이 있는 홍(洪) 표두라는 자였다.

영사는 태백의 옆구리에 힘을 가했다.

태백이 껑충 뛰어서 여섯 장을 가로질러 홍 표두를 덮쳤다.

"으악!"

홍 표두가 비명을 지르며 물러나고 그의 뒤에 있는 세 사람이 앞으로 나서며 검으로 태백을 찌르려 했다.

하지만 영사는 뽑지 않은 검군을 휘둘러 단번에 그들의 무기를 모조리 날려 버렸다. 공력이 전보다 훨씬 강해졌기 때문에 태백의 힘과 속도도 더 빨랐고 검에 실린 힘도 세찼다.

쿵!

태백의 발이 대리석 바닥을 찍으면서 땅을 흔들었다.

영사는 검군으로 홍 표두의 목을 누르면서 고함쳤다.

"국주는 어디 있는가?!"

그 순간에 영사의 뒤로는 관부의 고수들이 보이고 있었다. 대문으로 달려들어 오는 자들이 있는가 하면 담장을 넘어 지붕으로 뛰어오는 자들도 있었다.

홍 표두와 다른 표사들은 장안표국이 큰일에 휘말렸다는 것을 직감하고 저항을 포기했다. 관군들이 난입하는 것은 강호의 적이 침입하는 것과는 전혀 다른 문제였다.

"안채에 계시오."

홍 표두는 고개를 떨어뜨리며 말했다.

영사는 검을 거두고 안으로 달려가면서 소리쳤다.

"모조리 포박하라! 한 놈도 놓치지 마라."

관부의 고수들은 담을 기어오르며 도망치려는 자들의 머리와 어깨를 두들겨 오라를 지우고 검을 놓은 자들은 그대로 엎어서 손발을 묶었다.

무공을 익혀 강호에 몸을 담고 있는 자들은 그렇게 단단히 제압해 놓아야 안심할 수 있었다.

영사는 넓은 표국 안을 달리며 국주를 소리 높여 찾았다.

이미 장안표국의 외곽은 일반 관군들이 달려와 철통같이

에워쌌고 관부의 고수들은 달려오는 속속들이 내부로 진입하
여 닥치는 대로 제압하여 오라를 지우는 중이었다.

영사는 누가 눈에 뜨이든지 간에 관부의 고수들만 아니면
모조리 검으로 어깨를 쳐서 거꾸러뜨렸다.

장안표국의 국주는 심충언(沈忠堰)이라는 자였다. 나이는
예순네 살이었으며 한 쌍의 자모검(子母劒)을 무기로 하는 명
성이 상당한 고수였다.

심충언은 몸이 피곤하여 일찍 내실에 들었다가 영사의 소
리를 듣고 놀라 자모검을 들고 뛰어나왔다.

주변에서는 이미 ‘역적 잡아라!’ 하는 소리가 우레처럼 들
리고 있었다.

심충언은 뜰로 내려서며 고함쳤다.

“심충언이 여기 있다. 모두 멈춰라!”

영사는 그때 태백으로 담을 뛰어넘어 들어가고 있었다.

영사가 고함쳤다.

“역적 심충언이 여기 있다!”

“와아아!”

이미 심충언이 자기가 있다고 외친 후였지만 영사의 소리
에 맞춰 함성이 사방에서 폭발하듯이 터져 나왔다.

심충언은 몸이 벌벌 떨렸다. 영사가 무서워서가 아니었다.
영사를 보자 그는 영사가 종대기를 단숨에 쳐부수고 그의 기

업을 다 빼앗아 버렸던 것을 기억했기 때문이었다.

영사를 보고 소리쳤다.

"너, 단 공자 이놈! 감히! 감히 나를! 나는 너에게 죄를 지은 적이 없거늘!"

영사는 허공에서 심충언을 향해서 떨어저 내렸다.

심충언은 자모검의 칼집을 동시에 날려 버린 후 석 자 팔 촌 길이의 모검(母劍)을 방패 삼고 두 자 두 촌 길이의 자검(子劍)으로 태백을 찌르며 솟구쳐 올랐다.

영사는 칼집에 든 검군을 위에서 아래로 휘둘러 심충언의 모검과 자검을 동시에 꺾어버렸다. 융검술에 용참추를 사용한 것이었다.

쾅!

벼락치는 소리와 함께 부서진 쇳조각이 날고 심충언은 큰 충격을 입은 채 뜰에 처박혔다.

"악!"

내실에서 달려나오던 그의 첩이 비명을 질렀다.

영사는 태백의 발로 심충언을 밟을 듯이 옆으로 내려섰다.

펑! 하는 소리와 함께 태백의 발통(발굽) 밑에서 돌가루가 피이올랐다.

영사는 뒤를 보고 호통쳤다.

"포박하라!"

달려온 관부 고수들이 몸이 구겨져 있는 심충언을 펴서 꽁꽁 묶었다. 심충언의 입에서는 피가 흐르고 몸에는 부서진 칼조각들이 박혀 있었다.

관부의 고수들은 내실로 달려가 심충언의 첩이며 며느리, 손자, 손녀들까지 모조리 포박하고 끌고 나왔다.

영사가 소리쳤다.

"관군들은 죄인들을 연무장으로 끌고 가고 사룡대는 각 지부에 있는 자들과 표물을 운송하는 자들도 모조리 체포하여 압송하라. 단 한 명이라도 놓치면 책임자를 문책하겠다!"

"존명!"

소리치며 사룡대의 고수들이 흩어졌다. 그들은 삼호장 중에서 천호장 오덕손과 지호장 요성면이 사라진 배후에는 칠룡주 단영사가 있다는 사실을 대부분 짐작하고 있었다. 인호장 배길음만 살아남아 칠룡주 말만 나와도 벌벌 떤다는 것은 단 하루만에 퍼진 소문이었다.

그들은 각지로 전서를 띄워서 장안표국의 사람은 무조건 잡아들이라는 명을 전하는 한편 가까운 곳은 직접 달려갔다.

영사는 태백의 머리를 거칠게 돌려서 연무장으로 달려갔다. 그 뒤로 희겸이 따라갔다.

연무장에는 일전에 향적사에서 벌어진 것처럼 포박당한 자들이 가득했다. 바깥에서 일을 보고 표국으로 돌아오던 자들도 모조리 잡혀왔다.

어린 아이의 울음소리와 여자들이 울부짖는 소리, 반항하는 소리들도 있었다.

영사는 태백을 타고 그들 사이로 들어갔다.

"단 공자! 덕이 많고 어질다더니 어찌 이럴 수 있단 말이오!"

하고 늙은 여자가 소리쳤다.

"대체 우리가 무슨 죄를 지었소!"

국주 심충언의 본처였다.

영사는 그녀를 무시하고 가장 앞으로 갔다.

뒤에서 관병이 그녀를 발로 찼다.

"악!"

하는 비명 소리와 어머님, 할머니를 부르짖는 소리가 뒤이었다.

영사는 고개를 홱 돌리고 천둥같이 고함쳤다.

"역모를 다루는 자리다! 이 순간부터 명령없이 함부로 움직이는 자는 죄인과 관군을 막론하고 그 자리에서 주살(誅殺)하라. 명을 어기는 자도 함께 주살하라!"

연무장 전체가 바늘 하나 떨어지는 소리도 들을 수 있을 만큼 조용해졌다.

역모라는 한마디는 물결처럼 전체를 뒤덮었다. 어린아이

들의 놀이에서조차 역모는 함부로 쓰지 않는 말이었다. 아이들이 놀면서 어떤 놀이든지 다 해도 되지만 임금 놀이만큼은 할 수 없었다.

세 살짜리 아이도 역모죄는 구족(九族)을 멸한다는 말은 들어서 알고 있었다.

전전날 밤에 희겸의 부빈왕래장도 역모를 꾸몄다는 사실 때문에 불타서 재가 되었다. 장안표국의 말귀 뚫린 사람들은 역모라는 말에 모두 사색이 되어 떨었다.

그곳에 잡혀 있는 자기들만이 아니라 자그마치 그들의 구족이 죽는 일이었다. 사돈팔촌 걸치는 것을 모두 고려하면 적어도 서안 사람의 열에 한둘, 많으면 셋 이상이 죽어나갈 수도 있었다.

서안이 반역향(叛逆鄕)이라는 멍에를 지고 무거운 세금을 떠맡게 될 것은 살아남은 자들의 일이라지만, 역모라는 사실만으로도 천지가 노랗게 변하는 일이 아닐 수 없었다.

관군들도 꼼짝하지 못하고 부동자세로 섰다.

영사가 태백을 타고 질풍처럼 달리면서 적을 쓰러뜨리는 신위를 모두 보았기에 감히 거스를 용기를 가진 자가 없었다.

영사는 전음으로 희겸에게 물었다.

"그자들이 보입니까?"

희겸이 대답했다.

"보지 못했다."

아직 날이 어둡지 않았다. 여름 해는 넘어가려면 아직도 최소한 한 시간은 더 있어야 한다.

영사는 심충언의 가족과 표사들, 그리고 일반 일꾼들을 모두 구분지어 모아놓도록 명령했다.

심충언은 영사와 부딪칠 때 내상을 입었고 몸에 칼 조각도 박혔지만 상처가 심하지 않았다. 그는 원망스러운 눈빛으로 영사를 올려다보며 전음으로 말했다.

"단 공자, 노부 심충언은 반역의 마음은 털끝만큼도 먹어본 적이 없소. 만약 노부의 기업이 탐났다면 모두 가지시오. 하지만 내 처와 자손들은 살려주시오."

영사는 그를 차갑게 내려다보았다.

심충언이 거듭 전음으로 말했다.

"이 심충언은 강호인을 자부하는 사람인데 어찌 반역을 꾀하겠소? 하나 가족만 살려준다면 노부의 목숨과 기업은 모두 단 공자에게 바치겠소. 아무것도 숨겨두지 않겠소."

영사는 전음으로 말했다.

"국주께선 운이 없었습니다. 하지만 이후 내가 심문할 때 순순히 시인한다면 큰 손해는 없도록 해드리겠습니다."

영사의 음성이 의외로 부드러워서 심충언은 속으로 놀랐다. 하지만 겉으로는 아무 기색도 보이지 않은 채 전음으로 물었다.

"노부가 반역의 혐의가 없음을 단 공자도 알고 있다는 뜻이오?"

음성에 희망과 기가 살아나는 것이 느껴졌다.

영사는 얼굴 표정을 차갑게 하고 전음으로 말했다.

"혐의는 없어도 그런 마음이 있을지는 모르지요."

심충언의 안색은 시꺼멓게 변했다. 숨을 고르고 전음으로 물었다.

"노부가 순순히 시인한다면 그다음에는 죽음밖에 없지 않소?"

영사가 전음으로 말했다.

"시인하면 나는 국주의 모든 재산을 몰수하고 국주와 가족은 노비로 만들겠습니다. 이는 약속할 수 있습니다."

심충언은 분노로 몸을 떨었다. 하지만 함부로 말하지는 못했다. 영사가 약속을 지켜 자식, 손자가 목숨만이라도 건질 수 있다면 죽는 것보다는 훨씬 나았다.

영사가 전음으로 말했다.

"시인하지 않는다면 심문하면서 국주의 가족을 한 사람씩 죽이겠습니다."

심충언이 참지 못하고 전음으로 외쳤다.

"국법이 지엄한데 그럴 수 있단 말인가?!"

영사가 입가에 서늘한 미소를 지었다.

"죄목이 반역입니다. 저항이 심하여 싸우는 중에 죽었다고도 할 수 있고 반역 수괴의 가족들이라 일이 틀린 것을 알고 자결했다고 꾸며도 될 일이 아닙니까?"

심충언의 볼이 실룩거렸다.

영사가 전음으로 말했다.

"순순히 시인한다면 국주의 가족을 남쪽으로 보내 자유롭게 해주고 재산도 돌려 드리겠습니다. 선택하십시오."

심충언은 영사를 쏘아보았다.

영사가 협박을 하다가 달래다가 또 협박을 하고 달래는 듯하여 종잡을 수 없었다. 분노 가득한 눈으로 쏘아보며 전음으로 물었다.

"노부가 단 공자를 믿어도 되는가?"

영사가 전음으로 대답했다.

"나는 죽이고 빼앗는 것이 편합니다."

심충언은 입을 다물었다.

영사도 입을 다물고 적막강산 같은 연무장을 말발굽 소리만 울리며 돌아 다녔다. 눈에서 서늘한 살기가 흘러내려 관군과 표사들 모두가 두려워서 떨었다.

이윽고 해가 지고 있었다.

가까운 곳에 있는 장안표국 지국의 표사들과 일꾼들이 말

등에 묶여서 들어오기 시작했다.

출동했던 관부의 고수들은 영사가 몰아치는 기세에 부응하고자 고작 지국의 인물들 삼십여 명을 모두 말에 싣고 달려왔던 것이었다.

그들은 죄인들을 내려놓고 즉시 영사 앞에 부복하여 성과를 보고했다.

영사는 그들을 다시 내보냈다.

그들이 나간 후에 또 한 무리의 죄인들이 말을 타고 들어왔다. 관부의 고수들이 멍청이가 아닌 까닭인지 상관의 눈치를 읽고 비위를 맞추는 능력이 뛰어난 까닭인지 생각하는 바가 비슷한 듯했다.

관병들이 횃불과 등을 밝히는 중에 호현 지부(濠縣支部)에 있던 자들도 잡혀 왔다.

희겸이 전음으로 말했다.

"내가 원래 찾아가 부탁했던 곳이 바로 장안표국 호현 지부였다."

그러나 영사와 희겸이 포박되어 꿇어앉은 자들 앞을 지나갔지만 희겸이 말한 그자들은 보이지 않았다.

그때 갑자기 요란한 말발굽 소리가 들려오고 말보다 앞서서 관부 고수 한 명이 달려와 영사 앞에 부복하면서 소리쳤다.

"칠룡주 각하! 중요한 자들을 데려왔습니다. 각하께서 직접 심문해 보시기 바랍니다."

뒤에는 네 마리의 말이 달려오고 말마다 관부 고수가 한 명씩 앉았는데, 저마다 한 사람씩을 옆구리에 끼고 있었다.

"저들이다."

희겸이 영사에게 전음으로 말했다.

"아직 호현으로 돌아가지 않고 있었던 모양이다."

영사가 사룡대의 고수에게 물었다.

"저들을 잡은 곳이 어디냐?"

그자가 즉시 대답했다.

"저들은 당돌하게도 사룡주 각하를 만나겠다며 원교장으로 찾아왔습니다. 속하가 소속을 물어본 즉 장안표국의 표사들이라 하였습니다."

영사는 그들이 왜 그곳으로 갔는지 직감했다.

즉시 더 말하려는 자의 입을 막았다.

"수고했다. 저들을 앞으로 데려와라!"

영사는 그자가 다른 소리를 한마디라도 더 하게 할 생각이 없었다. 즉시 칼집에서 검을 뽑았다. 스르릉 소리와 함께 검군이 새파란 날을 드리냈다.

사룡주, 칠룡주는 이제 비밀도 아니었다. 필운이 사룡대와 관군을 이끌고 다녔고 그들이 그를 사룡주라 불렀고 또 지난

밤 향적사에서 영사를 칠룡주라 불렀으니 그것은 이미 발 없
는 말이 되어 사람들한테도 알려지고 있는 중이었다.

그러나 그 소문이 다 퍼진 것은 아닌 모양이었다.

영사는 속으로 가슴을 쓸어 내렸다.

영사는 호현 지부의 네 사람이 자기를 보고 놀라는 것을 보
았다. 백마에 흰옷, 보검, 그렇게 다녔던 영사의 모습을 서안
에 출입하는 사람들은 종종 목격할 수 있었고 그가 바로 단
공자라는 사실도 알 수 있었다.

그런 단 공자가 칠룡주라는 사실을 알았더라면 희겸과 단
공자가 관련이 있고 희겸의 가족은 단 공자가 보호하고 있을
것이라는 사실을 밀고하기 위해서 사룡주를 찾아가지도 않았
을 것이다.

사룡대의 고수가 그들이 데려온 네 사람을 끼고서 나는 듯
이 영사 앞으로 달려왔다.

영사는 검을 앞으로 쭉 뻗어서 번쩍이게 하면서 소리쳤
다.

"심문을 시작하겠다!"

제74장

영사의 이중심문(二重審問)

"포박하라!"

영사는 옆에 있던 관병에게 명령했다.

얼음처럼 굳어 있던 관병은,

"존명!"

하고 벼락같이 외치며 사룡대 고수가 데려온 네 사람을 포박하고 말았다.

사룡대 고수늘이 어리둥절했다.

영사가 그들에게 짧게 말했다.

"그대들은 매우 공이 크다. 그대들은 간교하고 중요한 자들을 잡아오는 공을 세웠다. 큰 상을 내리도록 하겠다."

먼저 달려와 품신했던 자를 포함하여 다섯 사룡대 고수가 입을 쫙 벌리고 감격하며 허리를 숙였다.

"각하! 은혜에 감사드립니다."

사룡대의 고수들도 원래 버슬하던 사람들이라서 공을 다투길 좋아하는 성미가 그대로 있었다.

영사는 태백을 타고 안으로 들어갔다. 이미 죄인들은 분류가 잘 되어 있었는데 가장 안쪽에 국주 심충언과 그의 가족들이 있었다.

관병들이 포박한 네 명을 돼지처럼 들고서 영사의 뒤를 따라갔다. 그들은 방금 도착한 자들이 이번 일의 핵심이라는 사실을 바로 알아챘던 것이다.

포박당한 자들은 안색이 하얗게 질려 있었다. 영사가 남몰래 보낸 눈빛에 반쯤 정신이 나가서 학질에 걸린 것처럼 몸을 크게 떨었다.

영사는 관병들에게 명령했다.

"내려라."

관병들이 네 사람을 나란히 엎어놓고 물러났다.

영사는 말 위에 앉은 채로 그들의 앞을 두 번 왔다 갔다 했다. 태백의 크고 강한 말굽이 그들의 머리 옆을 밟으면서 지나쳤다. 밟히기만 하면 두개골이 파삭 깨어지고 말 상황이었다.

영사가 관병들에게 명령했다.

"칼을 들고 이들의 곁에 서라. 저들이 내가 묻지 않는 소리를 한다면 그 즉시로 목을 베라."

"존명!"

관병들이 칼을 뽑아 높이 들고 그자들 옆에 섰다. 네 명의 표사 중에 두 명이 엎드린 채 오줌을 싸고 말았다.

영사는 다른 관병들 중에 한 명을 가리키며 말했다.

"너는 죄인의 가족들 옆에 있다가 본관이 명령하면 즉시 그들 중 한 명의 목을 베라."

관병은 놀란 듯했지만 죄가 대죄고 상황이 상황인만큼 즉시 존명을 외치고 심충언의 가족들 옆으로 뛰어가 칼을 뽑고 대기했다.

그런 다음에야 영사는 먼저 심충언에게 물었다.

"당신은 저들 네 사람을 알고 있나?"

심충언은 몸을 부르르 떨었다.

잡혀온 그들 네 사람은 모두 호현 지부의 표사들로 심충언도 알고 있는 자였다. 심충언은 그들이 한 어떤 짓 때문에 자기가 얽혔다는 사실을 알아채고 찢어죽일 듯이 그들 네 명을 쏘아보았다.

하지만 그들을 모른다고 부인할 수는 없었다. 잡혀와 있는

사람들 중에서 태반은 그들이 호현 지부의 표사들이라는 사
실을 알고 있었다. 누가 실토해도 할 일이었다.

심충언은 힘이 쭉 빠져서 대답했다.

"알고 있소."

영사가 물었다.

"어떻게 알고 있나?"

심충언이 대답했다.

"내 표국의 호현 지부에 속한 자들이오."

영사는 고개를 끄덕였다. 그리고 또 물었다.

"저들의 이름은 어떻게 되는가?"

심충언이 말했다.

"저들은 오송(五松)이라고 불리는 자들 중에서 네 명이오.
성은 다르지만 이름에는 모두 송(松) 자가 들어가 있기 때문
에 저들끼리 오송이라 칭하며 어울렸소. 좌측에 있는 자부터
노송(魯松), 왕기송(王磯松), 차분송(車盆松), 육이송(陸二松)이
라고 부르오. 간송(澗松)이라는 자는 저기 없소."

영사는 오송 중의 사송에게로 말머리를 돌리고 물었다.

"이름이 어떻게 되는가?"

칼을 든 관병들의 그림자가 횃불에 일렁거렸다.

엎어져 있던 네놈이 거의 동시에 대답했다.

말이 급하고 빨라서 알아들을 수 있는 말은 송송송송 하는

소리뿐이었다.

영사는 바꾸어 말했다.

"육이송이 누군가?"

"저올시다."

하고 제일 오른쪽에 있던 자가 대답했다.

영사가 차분송과 왕기송, 노송의 이름을 차례로 부르자 그들도 각각 대답했다.

영사는 검을 늘어뜨리고 위엄있는 음성으로 말했다.

"지금부터 묻는 말에만 대답하라. 관병들은 단 한마디라도 묻지 않은 소리가 나오면 즉시 그자의 목을 쳐라."

"존명!"

하고 관병들이 일제히 외쳤다.

네 개의 소나무 이름들은 머리 위에서 들리는 살기 어린 소리에 진저리쳤다.

영사가 육이송에게 말했다.

"너는 부빈왕래장의 희겸을 만났느냐?"

육이송은 떨면서 대답했다.

"그렇습니다."

영사는 시선을 노송에게 돌리고 똑같이 물었다. 노송도 똑같은 대답을 했다.

영사는 왕기송에게 말했다.

"너희는 그가 쫓기는 것을 도왔는가?"

왕기송은 고개를 들었다.

순간 관병의 그의 머리를 밟아버렸다.

왕기송은 두려워 떨면서 대답했다.

"그렇습니다."

영사는 차분송에게 눈을 돌리고 물었다.

"부빈왕래 희겸이 역적이라는 사실을 알고 있는가?"

차분송은 오송 중에서 우두머리 격으로 머리를 잘 쓰는 자였다. 그래서 일이 완전히 잘못되었다는 사실을 알았지만 빠져나갈 길이 없다는 사실도 알았다.

시작부터 잘못된 일이었다. 간송이 죽었다는 사실을 알고 어설픈 의리를 내세우며 그의 복수를 해줄 것인 양 하며 사룡주를 찾아갔지만 사실은 단 공자를 밀고해서 한몫 잡겠다는 생각으로 한 것이었다.

그때부터 그들은 저승길을 걷기 시작했던 것이었다.

희겸의 처를 건드리고 재물을 빼앗는다는 계획이 틀어졌을 때 벌써 도망쳤어야 옳았다.

단 공자를 밀고하려 했으니 단 공자 손에서 빠져나갈 길이 있을 리 없었다. 단 공자가 종대기를 어떤 식으로 죽게 만들었고 사수회를 해체했으며, 모소학과 혁주명의 상납을 받고 있다는 사실은 벌써 오래전에 소문이 나 있었다.

차분송은 대답을 하면 단영사의 의도대로 되고 만다는 것을 알고 있었지만 조금이라도 더 목이 붙어 있기 위해서는 어쩔 수 없었다.

"예."

하고 대답했다.

영사가 또 물었다.

"너희는 누구를 위해서 일하는 자들이냐?"

차분송은 심충언을 힐끔 보았다. 미안한 일이지만 어쩔 수 없었다. 그는 조금이라도 더 살고 싶었다.

"국주님을 위해 일하는 자들입니다."

심충언이 주먹을 불끈 쥐었다. 이마에는 핏줄이 꿈틀거렸다. 그러나 그가 할 수 있는 것은 그것 외에는 아무것도 없었다.

영사는 노송에게 물었다.

"국주의 이름은 심충언이고 저기 있는 저자냐?"

노송이 순순히 대답했다.

"그렇습니다."

영사가 말했다.

"너희는 국주를 위해 일하면서 역적 희겸을 도왔다. 내 말이 맞느냐?"

심충언과 심충언 일가는 완전히 절망한 상태였다.

차분송이 한숨을 쉬면서 말했다.

"그렇습니다."
그러자 다른 자들도 따라서 그렇다고 대답했다.
영사가 말했다.
"역적 희겸은 너희들에게 자기의 가족을 피신시켜 달라고 부탁했고, 너희들은 그렇게 하겠다고 약조했다. 그런 사실이 있느냐?"
왕기송이 대답했다.
"있습니다."
연무장은 쥐 죽은 듯이 고요했다.
영사는 더 묻지 않고 태백을 탄 채 말발굽을 딸각거리며 그들 네 사람 앞을 왔다 갔다 했다.
이미 드러난 증언으로 심충언 일가는 역모죄를 면할 길이 없었다.
영사는 노송의 앞에 멈추었다. 검은 조용히 들어서 그 옆쪽에 조금 떨어져 있는 심충언을 가리킨 채 나직하게 물었다.
"희겸은 이 사람에게 가족을 부탁했겠지?"
노송은 고개를 조금 들고 영사를 보았다.
그때 영사는 검을 내려 버렸다.
노송은 의아한 표정으로 끄덕이며 말했다.
"그렇습니다."
그는 얼굴이 땅에 닿아 있었기 때문에 영사가 말한 〈이 사람)이 영사 자기를 가리키는 것으로 알았다. 영사의 검이 심충언을 가리키는 것을 보지 못했던 것이었다.

심충언은 분노하여 말하려 했지만 그 순간에 영사의 눈은 심충언의 가족들을 지키고 있는 관병에게로 가 있었다.

심충언은 입을 다물 수밖에 없었다.

그러자 영사는 심충언에게로 고개를 돌리고 물었다.

"희겸을 아는가?"

심충언은 영사의 눈에 어리는 살기를 보고 고개를 끄덕이지 않을 수 없었다. 실제로도 그는 희겸이 여러 가지 사업을 할 때 그의 일을 많이 떠맡아 적지 않은 돈을 벌기도 했었다.

영사는 그의 마음을 읽기라도 한 듯이 말했다.

"희겸 때문에 돈을 많이 벌었겠지?"

"그렇소."

하고 심충언은 대답해야만 했다.

영사는 눈을 빛내며 말했다.

"그에게 고마워하고 있었는가?"

심충언은 잠시 입을 다물고 영사를 노려보았다. 하지만 대답은 결국 같았다.

"그렇소."

영사가 물었다.

"희겸의 처와 자식들은 당신이 보호하고 있는가?"

심충언은 어떻게 대답해야 될지 몰라서 잠시 머뭇거렸다.
순간 귓속으로 영사의 전음이 들려왔다.

"아니라고 대답하시오."

심충언은 정신이 번쩍 들었다. 이미 죽은 목숨이나 다름없
었다. 영사가 이렇게 나온다는 것은 노비가 되더라도 최소한
목숨만은 살려주겠다는 약속이나 그 이상의 약속을 지켜줄
거라는 생각이 들었기 때문이다.

"아니오."

하고 힘을 실어서 소리쳤다.

영사가 미간을 찌푸리며 물었다.

"그럼 그들은 어디에 있는가?"

심충언은 머리에 스치는 생각이 있어서 바로 외쳤다.

"나는 모르오."

영사는 싸늘하게 웃으며 말했다.

"이제 묻겠소, 심 국주! 당신은 당신의 죄를 시인하시오?"

갑작스럽게 조금 엉뚱한 질문이었다.

하지만 영사는 '시인' 이라는 말에 힘을 주어서 묻고 있었다.

심충언은 이 순간이 중요하다는 사실을 알았다. 어쩌면 단
영사가 자기의 협조에 만족해하며 자기와 가족을 살려주려고
하는지도 모른다는 생각이 들었다.

천천히 말했다.

"시인하오. 그만 역적 희겸을 돕고 말았소."

영사는 고개를 끄덕이고 사송에게로 눈을 돌렸다. 그리고 왕기송에게 호통쳐서 물었다.

"너희들은 희겸의 처와 자식들을 어떻게 하려고 했느냐?"

순간 태백의 발이 탕! 소리나게 바닥을 굴렸는데 왕기송은 정신이 멍해졌다.

자기도 모르게 넋이 나간 듯 중얼거렸다.

"우리는… 그의 처를 유인하여 강간한 후에 자식으로 협박하여 숨겨놓은 재산을 뺏으려 하였습니다."

영사가 말했다.

"그래서!"

왕기송은 여전히 넋 나간 듯이 말했다.

"우리는 제비를 뽑아 선후를 정하여 그녀를……."

영사는 그 순간에 다시 태백으로 하여금 발을 구르게 했다.

탕! 소리가 나면서 왕기송은 자기가 무슨 소리를 했는지 알고 놀라 입을 다물었다.

밤바람에 나뭇가지가 흔들렸다.

영사는 차분송에게 말했다.

"순순히 대답한다면 단칼에 죽게 하겠다. 시체는 어쨌느냐?"

차분송은 한숨을 쉬었다.

"돌을 달아서 물에 던졌습니다."

영사는 관병들에게 나직하게 말했다.

"죽여라."

관병들은 즉시 칼을 내려쳐 네 사람의 목을 베어버렸다.

영사는 심충언에게 말했다.

"당신은 저들이 희겸의 부탁을 받아 그의 가족을 여기로 데려오려 한다는 사실을 알았는가?"

심충언이 말했다.

"몰랐소. 알았다면 어찌 저들 같은 자들에게만 맡겨두었겠소?"

영사는 고개를 끄덕이고 말했다.

"하지만 당신이 그를 도왔고 교제했다는 죄는 면하지 못한다."

영사는 고개를 돌려 사룡대의 고수들에게 말했다.

"심충언의 재산을 몰수하고 심충언과 그 일족은 모두 압송하여 가두어라. 저들이 이제 관노로 만들겠다."

심충언은 안도의 한숨을 쉬었다.

영사는 태백을 돌려세우며 전음으로 말했다.

"약속한 대로 남쪽으로 보내주겠습니다. 재산도 값을 쳐서 주겠습니다. 하지만 이번 일을 누설하면 심 국주 가족은 아무도 살아남지 못할 것입니다."

심충언은 고개를 끄덕였다. 단 공자라면 그렇게 하고도 남을 사람이라고 생각되었다.

　영사는 희겸과 함께 유유히 다선루로 돌아갔다.
　사룡대의 고수들은 사룡주 필운에게 보고할 보고서를 준
비하고 있었다.
　희겸이 정체 모를 적에게 잡혀간 것에 이어서 그의 가족은
표사들에게 해침을 당해 죽었다는 것이었다.

『여명지검』 제5권에 계속…

은하의 계곡

무천향 武天鄉

허담 新무협 판타지 소설

뿌리를 찾아가는 목동 파소의 여행.
그 여정의 끝에서
검 든 자들의 고향 대무천향(大武天鄉)을 만난다.

검객 단보, 그는 노래했다.

…모든 검 든 자들의 고향 무천향.
한초식의 검에 잠든 용이 깨어나고, 또 한초식의 검에 잠든 바다가 일어나네.
검의 흐름을 따라가다 보면 어느새, 세월도 잊어버리고, 사랑도 잊어버리고,
무공도 잊어버려……
결국에는 자신조차 잊어버리는……

은하의 가장 밝은 빛이 되어버린다는
그 무성(武星)들의 때지(大地).

아, 때무천향(大武天鄉)이여!

무천향

武天鄉

허담 新무협 판타지 소설

뿌리를 찾아가는 목동 파소의 여행.
그 여정의 끝에서
검 든 자들의 고향 대무천향(大武天鄉)을 만난다.

검객 단보, 그는 노래했다.

…모든 검 든 자들의 고향 무천향.
한 초식의 검에 잠든 용이 깨어나고, 또 한 초식의 검에 잠든 바다가 일어나네.
검의 흐름을 따라가다 보면 어느새, 세월도 잊어버리고, 사랑도 잊어버리고,
무공도 잊어버려…….
결국에는 자신조차 잊어버리는…….

은하의 가장 밝은 빛이 되어버린다는
그 무성(武星)들의 대지(大地).

아, 대무천향(大武天鄉)이여!

유행이 아닌 자유추구 —
WWW.chungeoram.com
Book Publishing CHUNGEORAM

閻王眞武
염왕진무

김석진 新무협 판타지 소설

"그, 그럼 어디서 오셨습니까?"
무심하게 고개를 돌리며 진무가 속삭이듯 말했다.

……지옥에서.

인간이라면 절대 익힐 수 없다는 강호삼대불가득!
그것에 얽힌 비사를 풀기 위해 그가 강호로 나섰다!
피처럼 붉은 무적의 강기, 혼돈혈애를 전신에 두르고
수라격체술과 염왕보로 천하를 질타하는 쾌남아, 진무!
염왕의 진실한 무학을 발현하여 무림삼패세와 고금십대천병을
이겨내고 속세의 악업을 심판하는 진정한 염왕이 되어라!

이제 강호는 진무의
일거수일투족에 열광한다!

Book Publishing CHUNGEORAM

絶代君臨

절대군림

장영훈 新무협 판타지 소설

문피아 골든베스트 1위, 선호작 베스트 1위

「보표무적」, 「일도양단」, 「마도쟁패」에 이은 장영훈의 네 번째 강호이야기.

절대군림

"왜 나를 선택했지?"
"당신은 좋은 어른이니까."

호북 제패를 시작으로 적이건의 강호 제패가 시작된다.

"비록 아버지의 강호가 옳다 해도, 난 어머니의 강호에서 살 거야.
아버지의 강호는 너무… 고리타분하거든."

왼손에는 군자검을, 오른손에는 지옥도를 든 천하제일 과일상 행운유수의 장남 적이건.
그의 유쾌하고 신나는 강호제패기

"문파를 세울 거야. 이 강호에서 가장 강하고 멋진."